COLLECTION FOLIO

Jouons encore avec les mots

NOUVEAUX JEUX LITTÉRAIRES

ÉDITION DE JULIE PUJOS

Gallimard

HISTOIRE
DE LA LITTÉRATURE

On entre dans un livre comme dans un wagon, avec des coups d'œil en arrière, des hésitations, l'ennui de changer de lieu et d'idées. Quel sera le voyage ? Quel sera le livre ?

JULES RENARD
Journal

SOUS LA COUPOLE

Victor Hugo, qui en était membre, disait : « L'Académie est le chef-d'œuvre de la puérilité sénile. » Que savez-vous des Immortels et de l'Académie française ?

Qui est la première femme élue à l'Académie française ?

- [ ] Danièle Sallenave
- [ ] Simone de Beauvoir
- [x] Marguerite Yourcenar

Lequel de ces écrivains n'a jamais été élu à l'Académie malgré plusieurs tentatives ?

- [x] Émile Zola
- [ ] François Weyergans
- [ ] Jules Romains

Lequel de ces écrivains a refusé d'y siéger ?

- [x] Marcel Aymé
- [ ] Marcel Proust
- [ ] Marcel Pagnol

Quel ministre de Louis XIII a créé l'Académie française en 1635 ?

- [x] le cardinal de Richelieu
- [ ] le duc de Richelieu
- [ ] le cardinal Mazarin

Combien de fauteuils compte l'Académie ?

- [ ] 35
- [x] 40
- [ ] 50

L'une des principales missions de l'Académie est d'établir un dictionnaire. Savez-vous à quelle édition en sont les Immortels ?

- ☐ 9e édition
- ☐ 15e édition
- ☒ 33e édition

Tous les membres de l'Académie ont une épée, vestige de leur appartenance à la Maison du Roi. Quelle femme la remplaça par un sac à main brodé ?

- ☐ Hélène Carrère d'Encausse
- ☐ Jacqueline de Romilly
- ☒ Simone Veil

Les Académiciens ont longtemps siégé deux fois par semaine. Depuis 1910, ils ne siègent qu'un seul jour. Lequel ?

- ☐ mardi
- ☒ jeudi
- ☐ samedi

PRIX NOBEL

Depuis 1901, chaque année au début du mois d'octobre, l'Académie Nobel décerne son prix littéraire. Saurez-vous dire lesquels de ces écrivains ont reçu le prix Nobel de littérature ?

- ☐ Charles Dickens
- ☒ Rudyard Kipling
- ☐ Ivan Bounine
- ☐ Giorgio Bassani
- ☐ Peter Handke
- ☐ Albert Camus
- ☒ James Joyce
- ☐ Boris Pasternak
- ☒ Stefan Zweig
- ☐ Mario Vargas Llosa
- ☐ Orhan Pamuk
- ☐ Jean-Paul Sartre
- ☐ William Faulkner
- ☒ Patrick Modiano
- ☐ Lao She
- ☐ Miguel Ángel Asturias
- ☒ Michel Tournier
- ☐ Mircea Cărtărescu
- ☐ Kenzaburō Ōe
- ☒ Aldous Huxley

PLACE DES GRANDS HOMMES

Sur la montagne Sainte-Geneviève à Paris se dresse le Panthéon, sur lequel on peut lire : « Aux grands hommes, la patrie reconnaissante. » Savez-vous si les écrivains suivants y sont inhumés ?

	OUI	NON
Victor Hugo	☒	☐
Marcel Proust	☐	☐
Madame de Sévigné	☐	☐
Fénelon	☐	☐
Voltaire	☒	☐
Émile Zola	☐	☐
Molière	☐	☐
Colette	☐	☐
Albert Camus	☐	☐
Arthur Rimbaud	☐	☐
André Malraux	☒	☐
Jean-Jacques Rousseau	☒	☐
Alexandre Dumas	☐	☐
George Sand	☐	☐
François Villon	☐	☐

GENRES LITTÉRAIRES

Roman policier, littérature générale, poésie en prose... La frontière entre les genres littéraires est parfois bien floue. À quel genre appartiennent les œuvres suivantes ?

Lequel de ces romans n'est pas un roman historique ?

- ☐ *La Peau de César* de René Barjavel
- ☐ *Les Pérégrines* de Jeanne Bourin
- ☒ *Les Dames du Faubourg* de Jean Diwo

Lequel de ces romans n'est pas un roman policier ?

- ☐ *La Commedia des ratés* de Tonino Benacquista
- ☐ *Aime-moi, Casanova* d'Antoine Chainas
- ☒ *Lacrimosa* de Régis Jauffret

Laquelle de ces œuvres n'est pas un roman ?

- ☐ *La Vie de Marianne* de Marivaux
- ☒ *Les Lettres persanes* de Montesquieu
- ☐ *Le Square* de Marguerite Duras

Lequel de ces poèmes n'est pas un poème en prose ?

- ☒ « Le Dormeur du val » d'Arthur Rimbaud
- ☐ « L'Invitation au voyage » de Charles Baudelaire (in *Le Spleen de Paris*)
- ☐ « Un sourire pour cent larmes » de Max Jacob (in *Le Cornet à dés*)

Lequel de ces textes n'est pas considéré comme autobiographique ?

- ☒ *Quoi ? L'éternité* de Marguerite Yourcenar
- ☐ *La Contrevie* de Philip Roth
- ☐ *Si le grain ne meurt* d'André Gide

MOUVEMENTS ET COURANTS LITTÉRAIRES

Saurez-vous dire à quel courant ou mouvement littéraire appartient chaque écrivain ?

Jean Racine	•	•	les Lumières
Victor Hugo	•	•	réalisme
Voltaire	•	•	romantisme
Chrétien de Troyes	•	•	existentialisme
Paul Valéry	•	•	roman courtois
Honoré de Balzac	•	•	classicisme
Émile Zola	•	•	libertinage
Nathalie Sarraute	•	•	théâtre de l'absurde
Eugène Ionesco	•	•	naturalisme
Théophile Gautier	•	•	Parnasse
Jean-Paul Sartre	•	•	humanisme
Lesage	•	•	symbolisme
Joris-Karl Huysmans	•	•	nouveau roman
Michel de Montaigne	•	•	roman picaresque
Crébillon fils	•	•	décadents

CITATIONS MÉMORABLES

Cioran écrit dans Aveux et anathèmes : « *Quiconque nous cite de mémoire est un saboteur qu'il faudrait traduire en justice. Une citation estropiée équivaut à une trahison, une injure, un préjudice d'autant plus grave qu'on a voulu nous rendre service.* » *Qu'il se rassure, toutes les citations qui suivent ont été dûment vérifiées ! Saurez-vous retrouver leur auteur dans la liste suivante ?*

Stéphane Mallarmé — Pierre de Ronsard — Montesquieu — Alphonse de Lamartine — Charles Baudelaire — Victor Hugo — Alfred de Musset — Beaumarchais — Paul Verlaine — Eugène Ionesco

« Sans liberté de blâmer, il n'est point d'éloge flatteur. »

. . . .

« Prenez un cercle, caressez-le, il deviendra vicieux ! »

. . . .

« Les parfums, les couleurs et les sons se répondent. »

. . . .

« Il ne faut pas faire par les lois ce qu'on peut faire par les mœurs. »

. . . .

« Le coup passa si près, que le chapeau tomba. »

. . . .

« Cueillez dès aujourd'hui les roses de la vie. »

. . . .

« Frappe-toi le cœur, c'est là qu'est le génie. »

. . . .

« Un seul être vous manque et tout est dépeuplé. »

. . . .

« La chair est triste, hélas !, et j'ai lu tous les livres. »

. . . .

« Je fais souvent ce rêve étrange et pénétrant. »

. . . .

À CHAQUE FABLE SA MORALE

Des Fables *de La Fontaine, tout le monde connaît au moins les plus célèbres : « Le Loup et l'Agneau », « Le Lion et le Rat », « Les Deux Pigeons »... Saurez-vous rendre à chaque fable sa morale ?*

« Selon que vous serez puissant ou misérable,
Les jugements de Cour vous rendront blanc ou noir. »

. . . .

« La raison du plus fort est toujours la meilleure. »

. . . .

« Amants, heureux amants, voulez-vous voyager?
Que ce soit aux rives prochaines ;
Soyez-vous l'un à l'autre un monde toujours beau,
Toujours divers, toujours nouveau. »

. . . .

« Apprenez que tout flatteur
Vit aux dépens de celui qui l'écoute. »

. . . .

« Ne nous associons qu'avec nos égaux. »

. . . .

« On hasarde de perdre en voulant trop gagner. »

. . . .

« On a souvent besoin d'un plus petit que soi. »

. . . .

« Rien ne sert de courir il faut partir à point. »

. . . .

« Le monde est plein de gens qui ne sont pas plus sages :
Tout bourgeois veut bâtir comme les grands seigneurs,
Tout petit prince a des ambassadeurs,
Tout marquis veut avoir des pages. »

. . . .

« Travaillez, prenez de la peine :
C'est le fonds qui manque le moins. »

. . . .

BESTIAIRE

Jules Renard, dans ses Histoires naturelles, *a su décrire avec un étonnant sens de la formule animaux et insectes en quelques mots. Saurez-vous les reconnaître ?*

« Cette goutte de lune dans l'herbe ! »

. . . .

« L'accent grave sur le sillon. »

. . . .

« Une petite main noire et poilue crispée sur des cheveux. »

. . . .

« Noir et collé comme un trou de serrure. »

. . . .

« Il se promène dès les beaux jours, mais il ne sait marcher que sur sa langue. »

. . . .

« Ce billet doux plié en deux cherche une adresse de fleur. »

. . . .

« Elle finira pourtant par s'abîmer la taille ! »

. . . .

« Elle a bien dans la bouche de quoi se faire un corset, mais avec ce tour de taille !... »

. . . .

« Elle retombe, ivre morte de s'être encore fourrée dans l'œil du soleil. »

. . . .

« Le lapin devenu grand. »

. . . .

En quelques vers bien tournés, Guillaume Apollinaire s'est lui aussi essayé à cet exercice dans son Bestiaire*:*

« Tu t'acharnes sur la beauté.
Et quelles femmes ont été
Victimes de ta cruauté !
Ève, Eurydice, Cléopâtre ;
J'en connais encor trois ou quatre. »

. . . .

« Jetant son encre vers les cieux,
Suçant le sang de ce qu'il aime
Et le trouvant délicieux,
Ce monstre inhumain, c'est moi-même. »

. . . .

« En faisant la roue, cet oiseau,
Dont le pennage traîne à terre,
Apparaît encore plus beau,
Mais se découvre le derrière. »

. . . .

« Ce chérubin dit la louange
Du paradis, où, près des anges,
Nous revivrons, mes chers amis,
Quand le bon Dieu l'aura permis. »

. . . .

« Je connais un autre connin
Que tout vivant je voudrais prendre.
Sa garenne est parmi le thym
Des vallons du pays de Tendre. »

. . . .

EN TERMES FLEURIS ET COLORÉS

Rendez à chaque titre sa fleur…

James Hadley Chase	*Pas d'. . . . . pour Miss Blandish*
Alexandre Dumas	*La . . . . noire*
Michel Tournier	*L'aire du . . . .*
Mircea Eliade	*Les dix-neuf . . . .*
Joseph Conrad	*Le nègre du . . . .*
Boris Schreiber	*Le . . . . déchiré*
Jean Giono	*L'. . . . . de Suse*
Mikhaïl Boulgakov	*Le maître et . . . .*

Et à chaque titre sa couleur…

Stendhal	*Le . . . . et le . . . .*
Lajos Zilahy	*Le siècle . . . .*
Jacques Tournier	*Des persiennes . . . . perroquet*
Marguerite Yourcenar	*Conte. . . . .*
Elsa Triolet	*Le cheval . . . .*
Jules Verne	*Le volcan d'. . . . .*
Isaac Babel	*Cavalerie . . . .*
Jules Romains	*Le vin . . . . de la Villette*
Raymond Queneau	*Les fleurs . . . .*
Masuji Ibuse	*Pluie . . . .*

EN FAMILLE

Les liens du sang sont souvent au cœur de la littérature. Saurez-vous retrouver dans la liste suivante le prénom ou le nom des héros de ces œuvres ?

Couderc — Bette — Martine — Mason — Rondoli — Oswald — Vania — Tom — Julia — Yves

Honoré de Balzac	*La cousine* . . . .
Mario Vargas Llosa	*Tante* . . . . *et le scribouillard*
Roald Dahl	*Mon oncle* . . . .
Guy de Maupassant	*Les sœurs* . . . .
Harriet Beecher-Stowe	*La case de l'oncle* . . . .
Pierre Loti	*Mon frère* . . . .
Chester Himes	*Mamie* . . . .
Anton Tchekhov	*Oncle* . . . .
Georges Simenon	*La veuve* . . . .
Henri Bosco	*Tante* . . . .

MA MAMAN CHÉRIE

Leurs mères ont énormément compté à leurs yeux, ils leur ont dédié certaines de leurs œuvres. Connaissez-vous le nom de ces mamans chéries ou haïes ?

Charles Baudelaire •	• Juliette Rondeaux
Marcel Proust •	• Jeanne Clémence Weil
William Faulkner •	• Louise Judith Ferro
Romain Gary •	• Mina Owczyńska
Victor Hugo •	• Caroline Dufaÿs
Antoine de Saint-Exupéry •	• Maud Butler
André Gide •	• Anne Fleuriot
Jean Cocteau •	• Louisa Colpeyn
Patrick Modiano •	• Eugénie Lecomte
Gustave Flaubert •	• Sophie Trébuchet
Albert Cohen •	• Marie Boyer de Fonscolombe

ÉCRIVAINS DU MONDE

Saurez-vous rendre à chacun de ces écrivains son pays d'origine ?

Jorge Luis Borges •		• Espagne
Nadine Gordimer •		• Turquie
Katherine Mansfield •		• Afrique du Sud
Charles Dickens •		• Belgique
Federico García Lorca •		• Argentine
Georges Simenon •		• Canada
Yann Martel •		• Inde
Mircea Eliade •		• Nouvelle-Zélande
Orhan Pamuk •		• Japon
Jo Nesbø •		• Pays-Bas
Saskia Noort •		• Russie
Lao She •		• Chine
Yukio Mishima •		• Roumanie
Rabindranath Tagore •		• Angleterre
Léon Tolstoï •		• Norvège

MÉTROPOLIS

Les héros de romans policiers ont souvent un terrain de chasse privilégié. Savez-vous dans quelle ville se déroulent la plupart de leurs enquêtes ?

L'inspecteur Harry Hole (Jo Nesbø) •	• Portsmouth
L'inspecteur Rebus (Ian Rankin) •	• Galway
Jack Taylor (Ken Bruen) •	• Breslau
Varg Veum (Gunnar Staalesen) •	• Paris
L'inspecteur Selb (Bernhard Schlink) •	• La Nouvelle-Orléans
L'inspecteur Faraday (Graham Hurley) •	• Marseille
Fabio Montale (Jean-Claude Izzo) •	• Bergen
Lew Griffin (James Sallis) •	• Oslo
Eberhard Mock (Marek Krajewski) •	• Édimbourg
Le commissaire Maigret (Georges Simenon) •	• Mannheim

POÈMES EN CAPITALES

Saurez-vous reconnaître la capitale au cœur de ces poèmes ?

Guillaume Apollinaire

À la fin tu es las de ce monde ancien
Bergère ô tour Eiffel le troupeau des ponts bêle ce matin
Tu en as assez de vivre dans l'antiquité grecque et romaine
Ici même les automobiles ont l'air d'être anciennes
La religion seule est restée toute neuve la religion
Est restée simple comme les hangars de Port-Aviation

. . . .

Théophile Gautier

Du haut de la montagne,
Près de Guadarrama,
On découvre l'Espagne
Comme un panorama.

À l'horizon sans borne
Le grave Escurial
Lève son dôme morne,
Noir de l'ennui royal ;

. . . .

Alphonse de Lamartine

Comme l'astre adouci de l'antique Élysée,
Sur les murs dentelés du sacré Colysée,
L'astre des nuits, perçant des nuages épars,
Laisse dormir en paix ses longs et doux regards,
Le rayon qui blanchit ses vastes flancs de pierre,
En glissant à travers les pans flottants du lierre,
Dessine dans l'enceinte un lumineux sentier;
On dirait le tombeau d'un peuple tout entier,
Où la mémoire, errante après des jours sans nombre,
Dans la nuit du passé viendrait chercher une ombre,

Ici, de voûte en voûte élevé dans les cieux,
Le monument debout défie encor les yeux;
Le regard égaré dans ce dédale oblique,
De degrés en degrés, de portique en portique,
Parcourt en serpentant ce lugubre désert,
Fuit, monte, redescend, se retrouve et se perd.

. . . .

Émile Verhaeren

Où des voiles s'en vont, sans Notre-Dame
Pour étoile, s'en vont, là-bas, vers les hasards.
Gares de suie et de fumée, où du gaz pleure
Ses spleens d'argent lointain vers des chemins d'éclair,
Où des bêtes d'ennui bâillent à l'heure

Dolente immensément, qui tinte à Westminster.
Et ces quais infinis de lanternes fatales,
Parques dont les fuseaux plongent aux profondeurs,
Et ces marins noyés, sous des pétales
De fleurs de boue où la flamme met des lueurs.

. . . .

Voltaire

Ô malheureux mortels ! ô terre déplorable !
Ô de tous les mortels assemblage effroyable !
D’inutiles douleurs éternel entretien !
Philosophes trompés qui criez : « Tout est bien » ;
Accourez, contemplez ces ruines affreuses,
Ces débris, ces lambeaux, ces cendres malheureuses,
Ces femmes, ces enfants l’un sur l’autre entassés,
Sous ces marbres rompus ces membres dispersés ;
Cent mille infortunés que la terre dévore,
Qui, sanglants, déchirés, et palpitants encore,
Enterrés sous leurs toits, terminent sans secours
Dans l’horreur des tourments leurs lamentables jours !
Aux cris demi-formés de leurs voix expirantes,
Au spectacle effrayant de leurs cendres fumantes,
Direz-vous : « C’est l’effet des éternelles lois
Qui d’un Dieu libre et bon nécessitent le choix ? »
Direz-vous, en voyant cet amas de victimes :
« Dieu s’est vengé, leur mort est le prix de leurs crimes ? »
Quel crime, quelle faute ont commis ces enfants
Sur le sein maternel écrasés et sanglants ?

. . . .

LES MAISONS DES ÉCRIVAINS

Aujourd'hui, les amoureux de littérature visitent leurs maisons pour s'imprégner de l'endroit où ils ont écrit leurs plus grandes œuvres. Saurez-vous rendre à chaque écrivain sa maison ?

Edmond Rostand •	• La Treille muscate, à Saint-Tropez
Colette •	• Le Refuge, à Milly-la-Forêt
Louis Aragon •	• La Devinière, à Chinon
Pierre Loti •	• Le château de Monte-Cristo, à Port-Marly
Rabelais •	• Le château de Saché
Jean Giono •	• Hauteville House, à Guernesey
Honoré de Balzac •	• Le manoir du Breuil, près de Deauville
Françoise Sagan •	• Lou Paraïs à Manosque
Victor Hugo •	• La Datcha, à Bougival
Alexandre Dumas •	• Bakhar-Etchea à Hendaye
Ivan Tourguéniev •	• Arnaga, à Cambo-les-Bains
Jean Cocteau •	• Le moulin de Villeneuve à Saint-Arnoult-en-Yvelines

L'HISTOIRE EST UN ROMAN

« On peut violer l'Histoire, pourvu qu'on lui fasse de beaux enfants ! » aurait dit Alexandre Dumas — qui savait de quoi il parlait. À quelles périodes se déroulent les romans suivants ?

L'Adieu aux armes (E. Hemingway)	•	•	Le règne de Louis XIII
Tranchecaille (P. Pécherot)	•	•	La Première Guerre mondiale
Du domaine des Murmures (C. Martinez)	•	•	La guerre de Cent Ans
Les Lames du Cardinal (P. Pevel)	•	•	Moyen Âge (XIIe siècle)
Les Larmes des innocentes (J. S. Valdez)	•	•	La campagne d'Egypte de Napoléon Ier
Chacal (F. Forsythe)	•	•	Le bombardement d'Hiroshima
Pluie noire (Masuji Ibuse)	•	•	La guerre d'Espagne
La Fille du Nil (G. Sinoué)	•	•	L'attentat du Petit-Clamart

ET AINSI DE SUITE...

De nombreux romans célèbres ont une suite. Saurez-vous la leur rendre ?

Alice au pays des merveilles (Lewis Carroll)

. . . .

Filles (Frederick Busch)

. . . .

Éloge de la marâtre (Mario Vargas Llosa)

. . . .

Les Trois Mousquetaires (Alexandre Dumas)

. . . .

Pantagruel (Rabelais)

. . . .

La Voie du sabre (Thomas Day)

. . . .

*Saurez-vous reclasser les volumes d'*À la recherche du temps perdu *de Marcel Proust ?*

Le Côté de Guermantes n° . . .
Le Temps retrouvé n° . . .
Albertine disparue n° . . .
Du côté de chez Swann n° . . .
La Prisonnière n° . . .
Sodome et Gomorrhe n° . . .
À l'ombre des jeunes filles en fleurs n° . . .

Plus difficile, saurez-vous remettre le cycle des Rougon-Macquart *d'Émile Zola dans le bon ordre ?*

L'Argent n° . . .
Pot-Bouille n° . . .
La Débâcle n° . . .
Le Ventre de Paris n° . . .
La Bête humaine n° . . .
L'Assommoir n° . . .
Au Bonheur des Dames n° . . .
L'Œuvre n° . . .
Le Rêve n° . . .
La Terre n° . . .
Nana n° . . .
La Fortune des Rougon n° . . .
La Conquête de Plassans n° . . .
La Faute de l'abbé Mouret n° . . .
Son excellence Eugène Rougon n° . . .
Une page d'amour n° . . .
Le Docteur Pascal n° . . .
La Joie de vivre n° . . .
Germinal n° . . .
La Curée n° . . .

PETITES MANIES D'ÉCRIVAINS

L'écrivain a souvent un rituel qui l'aide à se concentrer, un bureau fétiche, une marque précise de papier... Saurez-vous dire qui fait quoi ?

Il dispose une coupe de champagne sur sa table pour rendre sa plume plus pétillante.

- ☐ Jean-Paul Sartre
- ☐ Boris Vian
- ☐ Alexandre Dumas

Il écrit debout, les pieds dans une bassine d'eau pour lutter contre le sommeil.

- ☐ Honoré de Balzac
- ☐ Marcel Proust
- ☐ Rabelais

Avant de commencer un nouveau livre, elle fait le ménage de fond en comble chez elle.

- ☐ Charlotte Brontë
- ☐ Catherine Cusset
- ☐ Simone de Beauvoir

Il écrit en plein jour à la lueur d'une bougie.

- ☐ Voltaire
- ☐ Montaigne
- ☐ Descartes

Il écrit dans sa baignoire.

- ☐ Edmond Rostand
- ☐ Georges Perec
- ☐ Charles Baudelaire

Il n'écrit qu'allongé, avec du café et des cigarettes à portée de main.

- ☐ Ernest Hemingway
- ☐ Truman Capote
- ☐ John Steinbeck

Il écrit avec deux stylos : l'un pour les mots courts, l'autre pour les mots longs.

- ☐ H. G. Wells
- ☐ Georges Simenon
- ☐ Jorge Luis Borges

Elle s'installe dans sa voiture, au milieu d'un parking, à la recherche de l'inspiration.

- ☐ Marguerite Duras
- ☐ Ingrid Astier
- ☐ Gertrude Stein

MA VIE, MON ŒUVRE

Parfois l'homme est indissociable de l'œuvre. Saurez-vous reconnaître ces écrivains grâce à leur biographie ?

Je suis né à Tokyo en 1925. Après des études de droit, je me suis consacré à la littérature et j'ai publié, à vingt-quatre ans, *Confession d'un masque*. Le roman a fait scandale et m'a apporté la célébrité. Mon œuvre littéraire est aussi diverse qu'abondante. Au sommet de ma gloire, en novembre 1970, je me suis donné la mort d'une façon spectaculaire, au cours d'un *seppuku*, au terme d'une tentative politique désespérée qui a frappé le monde entier. Le jour même de ma mort, j'avais mis un point final à ma tétralogie *La Mer de la fertilité*.

Je suis . . . .

C'est à Salinas, en Californie, que je suis né le 27 février 1902. D'origine allemande et irlandaise, j'ai grandi dans une famille typiquement américaine, laborieuse et provinciale. Inscrit à l'université de Stanford, j'ai travaillé dans les ranchs pour payer mes études et j'y ai découvert la vie des journaliers mexicains. J'ai laissé tomber l'université pour tenter ma chance à New York. Malgré le peu de succès de mon premier roman, j'ai continué à écrire et j'ai finalement trouvé mon public : *Tortilla Flat*, *Des souris et des hommes*, *Les Raisins de la colère*… En 1952 paraît *À l'est d'Eden* qui déroute la critique par sa complexité mais rencontre un grand succès auprès des lecteurs.

En 1962, le prix Nobel couronne mon œuvre. Je meurs à New York le 20 décembre 1968 ; mes cendres sont déposées dans le caveau familial à Salinas.

Je suis . . . .

Je suis né à Liège le 13 février 1903. Après plusieurs petits boulots, je deviens reporter et billetiste à la *Gazette de Liège*. Je quitte Liège pour Paris où je fais paraître des contes et des nouvelles dans plusieurs journaux. En 1931, le commissaire Maigret commence ses enquêtes... On tourne les premiers films adaptés de mon œuvre. Durant la guerre, je suis responsable des réfugiés belges à La Rochelle et vis en Vendée. En 1945, j'émigre aux États-Unis puis rentre en Europe et m'installe définitivement en Suisse. La publication de mes œuvres complètes (72 volumes !) commence en 1967. Cinq ans plus tard, j'annonce officiellement ma décision de ne plus écrire de romans. Je suis mort à Lausanne en 1989.

Je suis . . . .

Fils d'un petit gentilhomme, je suis né à Moscou le 3 octobre 1814. J'ai reçu une éducation soignée selon les principes de l'aristocratie terrienne. Bien que j'écrive beaucoup, il faut attendre 1837 pour que mes textes commencent à être publiés régulièrement. J'entre à l'école des élèves-officiers des hussards de la Garde et mène une vie dissipée et mondaine. À la suite d'une dispute avec un cousin, je suis arrêté, emprisonné et envoyé dans un régiment de dragons dans le Caucase. Grâce à l'intervention de ma grand-mère, je réintègre la Garde et pars à Novgorod où je commence à écrire *Un héros de notre temps*. Devenu célèbre en dépit — ou à cause — de la persécution officielle dont je fais l'objet, j'entre dans les milieux littéraires et rencontre ceux qui furent les amis de Pouchkine… Le 15 juillet 1841, je suis tué lors d'un duel pour une plaisanterie mal prise…

Je suis . . . .

Je suis né à Fuente Vaqueros le 5 juin 1898. À Grenade, je fais des études de droit par obligation, mais surtout de musique. Mes parents m'interdisant de poursuivre dans cette voie, je bifurque vers la littérature. Je découvre l'Espagne et commence à écrire. J'emménage à la Résidence des étudiants à Madrid où je fais des rencontres décisives, comme celles de Luis Buñuel et de Salvador Dalí. Ma pièce *Mariana Pineda* est créée en 1924. Un an après, c'est le *Premier romancero gitan* qui obtient un immense succès. Je donne des conférences à travers l'Europe, puis embarque pour New York et Cuba. De retour à Madrid, je me consacre à la création d'un théâtre du peuple et j'écris *Noces de sang* qui marque un tournant dans mon œuvre dramatique. Depuis longtemps violemment antifasciste, je salue la victoire du Front populaire. En juillet 1936, un soulèvement franquiste éclate à Grenade où je viens d'arriver. Arrêté le 16 août, je suis fusillé le lendemain.

Je suis . . . .

UN PRÉNOM POUR LA VIE

« Avant de choisir le prénom d'un garçon, pensez toujours à la femme qui aura à le murmurer plus tard », écrivait Jules Barbey d'Aurevilly. *Peut-être n'était-il pas satisfait du sien... Ces écrivains ont choisi de le dissimuler derrière des initiales. Connaissez-vous leur prénom?*

G. K. Chesterton: . . . .

E. T. A. Hoffmann: . . . .

P. G. Wodehouse: . . . .

J. M. G. Le Clézio: . . . .

E. M. Cioran: . . . .

H.P. Lovecraft: . . . .

H. G. Wells: . . . .

T. S. Eliot: . . . .

V. S. Naipaul: . . . .

F. G. Haghenbeck: . . . .

QUI SONT MES CONTEMPORAINS ?

« La valeur n'attend point le nombre des années », écrit Corneille dans Le Cid. *Saurez-vous dire si ces « âmes bien nées » étaient contemporaines, beaucoup plus âgées ou beaucoup plus jeunes ?*

• Cervantès	Dante	Shakespeare
• Flaubert	Baudelaire	Maupassant
• Gide	Claudel	Proust
• Rabelais	Louise Labé	Ronsard
• García Lorca	Simenon	Sartre
• Rushdie	Le Clézio	Modiano
• Perec	Labro	Vargas Llosa
• Céline	Hammett	Huxley
• Kenzaburō Ōe	Mishima	Cortázar
• Blixen	Joyce	Boulgakov

À CHACUN SON HÉROS

Rendez à chaque œuvre son héros.

Fabrice Del Dongo •	• *Orgueil et préjugés*, J. Austen
Ferdinand Bardamu •	• *Un chant de Noël*, C. Dickens
Harpagon •	• *La Petite Marchande de prose*, D. Pennac
Abel Tiffauges •	• *La Peste*, A. Camus
Harry Hole •	• *Minority Report*, P. K. Dick
John Anderton •	• *La Dame du lac*, R. Chandler
Benjamin Malaussène •	• *Le Roi des aulnes*, M. Tournier
Philip Marlowe •	• *Le Léopard*, J. Nesbø
Esmeralda •	• *L'Assommoir*, É. Zola
Elizabeth Bennet •	• *La Chartreuse de Parme*, Stendhal
Le docteur Rieux •	• *Voyage au bout de la nuit*, L.-F. Céline
Ebenezer Scrooge •	• *L'Avare*, Molière
Hester Prynne •	• *Notre-Dame de Paris*, V. Hugo
Gervaise Lantier •	• *La Lettre écarlate*, N. Hawthorne

LES HÉROS, AU BOULOT !

Même les personnages de roman doivent gagner leur vie… Saurez-vous rendre à chacun son métier ?

Lucien de Rubempré	•	•	professeur de littérature
Georges Duroy	•	•	employé des chemins de fer
Monsieur Homais	•	•	concierge
Jacques Lantier	•	•	aviateur
Célestin Louise	•	•	pêcheur de perles
Le narrateur du *Petit Prince*	•	•	mécanicien de locomotive
Kino	•	•	écrivain
Humbert Humbert	•	•	policier
David Goldberg	•	•	pharmacien
Renée	•	•	bibliothécaire

LES MÉCHANTS

Céline écrit dans Voyage au bout de la nuit*: « Ça serait pourtant pas si bête s'il y avait quelque chose pour distinguer les bons des méchants. » Comme au cinéma, il existe des personnages de méchants, dans la littérature, qu'on adore détester… Saurez-vous retrouver dans quelle œuvre ils exercent leurs talents ?*

Les Thénardier •	• *Les Trois Mousquetaires*
La marquise de Merteuil •	• *Hurlevent*
Milady •	• *Le Moine*
Iago •	• *Les Aventures de Sherlock Holmes*
Heathcliff •	• *Moby Dick*
Le capitaine Achab •	• *Le Livre de la jungle*
Le colonel Kurtz •	• *Les Liaisons dangereuses*
Shere Khan •	• *Au cœur des ténèbres*
Le professeur Moriarty •	• *Les Misérables*
Ambrosio •	• *Othello*

À QUI SONT CES VERS ?

Nous connaissons tous ces vers, mais saurez-vous retrouver le titre des poèmes dont ils sont extraits ?

François Villon :
« Frères humains, qui après nous vivez »

. . . .

Victor Hugo :
« L'œil était dans la tombe et regardait Caïn. »

. . . .

Arthur Rimbaud :
« Et j'ai vu quelquefois ce que l'homme a cru voir ! »

. . . .

Paul Verlaine :
« L'espoir a fui, vaincu, vers le ciel noir. »

. . . .

Guillaume Apollinaire :
« Et mon verre s'est brisé comme un éclat de rire. »

. . . .

Charles Baudelaire :
« Ô toi que j'eusse aimée, ô toi qui le savais ! »

. . . .

Jacques Prévert :
« Il dit non avec la tête. Mais il dit oui avec le cœur. »

. . . .

La Fontaine :
« Je plie, et ne romps pas. »

. . . .

Paul Eluard :
« La courbe de tes yeux fait le tour de mon cœur. »

. . . .

Et maintenant un peu de théâtre. De quelles pièces sont tirés les répliques ou vers suivants ?

Pierre Corneille :
« Ô rage ! Ô désespoir ! Ô vieillesse ennemie
N'ai-je donc tant vécu que pour cette infamie ? »

. . . .

Jean-Paul Sartre :
« L'enfer c'est les autres. »

. . . .

Molière :
« Le petit chat est mort. »

. . . .

Jean Racine :
« Pour qui sont ces serpents qui sifflent sur vos têtes ? »

. . . .

Henry de Montherlant :
« Le jour où je l'ai connu est comme le jour où je suis née. »

. . . .

William Shakespeare :
« Être ou ne pas être, telle est la question. »

. . . .

MAÎTRES ET VALETS

Au théâtre, les couples maître et valet ou servante et maîtresse sont nombreux, mais aussi dans les romans… Saurez-vous les reformer ?

Planchet •	• Don Juan
Cacambo •	• Le comte Almaviva
Œnone •	• Don Salluste
Figaro •	• D'Artagnan
Sosie •	• Don Quichotte
Scapin •	• Candide
Ruy Blas •	• Dorante
Sancho Panza •	• Phèdre
Sganarelle •	• Amphitryon
Dubois •	• Léandre

Parmi ces couples littéraires, l'un des plus célèbres est sans doute celui formé par Jacques le fataliste et son maître dans le roman de Diderot dont l'incipit est resté célèbre :

« Comment s'étaient-ils rencontrés ? Par hasard, comme tout le monde. Comment s'appelaient-ils ? Que vous importe ? D'où venaient-ils ? Du lieu le plus prochain. Où allaient-ils ? Est-ce que l'on sait où l'on va ? Que disaient-ils ? Le maître ne disait rien ; et Jacques disait que son capitaine disait que tout ce qui nous arrive de bien et de mal ici-bas était écrit là-haut. »

« PARCE QUE C'ÉTAIT LUI ; PARCE QUE C'ÉTAIT MOI... »

C'est à Montaigne que l'on doit la plus belle définition de l'amitié de la littérature française... Connaissez-vous le nom de l'ami qui l'inspira ? Saurez-vous réunir ces amis célèbres ?

Michel de Montaigne	•	•	Jacques Rivière
Gustave Flaubert	•	•	Étienne de La Boétie
Franz Kafka	•	•	Richard Wagner
Alain-Fournier	•	•	Edith Wharton
Albert Camus	•	•	Jean Grenier
Herman Melville	•	•	Max Brod
Friedrich Nietzsche	•	•	Maria van Rysselberghe
Henry James	•	•	Nathaniel Hawthorne
André Gide	•	•	Maxime Du Camp
Jack Kerouac	•	•	Allen Ginsberg

De nombreux romans parlent d'amitié. Saurez-vous reformer ces duos ?

Huckleberry Finn	•	•	Jim
D'Artagnan	•	•	Tom Sawyer
Sherlock Holmes	•	•	Conrad von Hohenfels
Hans Schwarz	•	•	Patrocle
Jules	•	•	John Watson
Achille	•	•	Athos

FOLIO, VOUS LIREZ LOIN

Chaque livre est un voyage… Rendez à chaque écrivain le titre de son œuvre.

Un homme heureux avec *un chapeau de paille d'Italie* et un *chien jaune* cherchait une *fille aux yeux d'or*. Ce *voyageur sans bagage* décida de *bourlinguer* pour la trouver. Après la *traversée de la Mangrove*, il visita *l'Amérique au jour le jour* et s'arrêta *un mois à la campagne* où il avait un *rendez-vous secret*. De retour dans *la ville dont le prince est un enfant*, il s'installa dans *les beaux quartiers* où il goûta *le vin blanc de la Villette* avec *les mariés de la tour Eiffel* qui lui souhaitèrent la *bienvenue au club*. «*La nuit sera calme*», se dit-il en se couchant à *l'hôtel du Nord*, mais *ne pariez jamais votre tête au diable*: *quand la ville dort, il pleut des coups durs aux quatre coins du monde*. Il rêva de *l'écroulement de la Baliverna* et s'éveilla au beau milieu d'*un rêve d'Armageddon*. Après un *petit déjeuner chez Tiffany*, il se promena sur *le quai des brumes* et croisa *mademoiselle Fifi* et ce fut aussitôt *l'amour fou*. «*Épouse-moi*», lui demanda-t-il, mais elle répondit: «*On ne badine pas avec l'amour*.» *Le voyageur imprudent* partit *sur la route*. Il voulut prendre le *train de nuit pour Babylone*, mais le contrôleur déclara: «*Au-delà de cette limite votre ticket n'est plus valable*.» Dépité, il pensa: «Telle est *la condition humaine*…»

Jules Romains : . . . .

Ray Bradbury : . . . .

Romain Gary : . . . .

Dino Buzzati : . . . .

Arto Paasilinna : . . . .

Simone de Beauvoir : . . . .

Eugène Dabit : . . . .

John Updike : . . . .

Edgar Allan Poe : . . . .

Blaise Cendrars : . . . .

Martin Amis : . . . .

Jean Cocteau : . . . .

Jonathan Coe : . . . .

Jack Kerouac : . . . .

Chester Himes : . . . .

Anne Wiazemsky : . . . .

Ivan Tourguéniev : . . . .

H. G. Wells : . . . .

Jean Anouilh : . . . .

Truman Capote : . . . .

Pierre Mac Orlan : . . . .

Guy de Maupassant : . . . .

Maryse Condé : . . . .

Louis Aragon : . . . .

André Breton : . . . .

Honoré de Balzac : . . . .

Alfred de Musset : . . . .

René Barjavel : . . . .

Henry de Montherlant : . . . .

Kôbô Abe : . . . .

André Malraux : . . . .

Eugène Labiche : . . . .

William Richard Burnett : . . . .

VOCABULAIRE & STYLISTIQUE

Les mots m'ont pris par la main.

LOUIS ARAGON
Le Roman inachevé

LEVER DE RIDEAU

Comme chacun sait, les trois coups marquent le début de la représentation, mais le monde du théâtre a un vocabulaire bien particulier. Êtes-vous prêt pour le lever de rideau ?

Comment appelle-t-on les indications de jeu et de mise en scène ?

- ☐ didascalies
- ☐ scénario
- ☐ chorégraphie

Savez-vous ce que sont des stichomythies ?

- ☐ un échange de brèves répliques
- ☐ de longues tirades d'exposition au Ier acte
- ☐ de longues périodes de silence

Un personnage se parle à lui-même. Il s'agit :

- ☐ d'un dialogue
- ☐ d'un soliloque
- ☐ d'un aparté

Comment s'appelle la représentation qui précède la première ?

- ☐ le filage
- ☐ la générale
- ☐ la couturière

Comment s'appelle une pièce religieuse au Moyen Âge ?

- ☐ un Mystère

☐ un Miracle
☐ une Pastorale

Comment désigne-t-on l'intervention d'un personnage providentiel qui permet de dénouer les fils de l'intrigue ?

☐ péripétie
☐ *deus ex machina*
☐ coup de théâtre

Qui est ce personnage traditionnel reconnaissable à son costume bigarré et son bâton dans la *commedia dell'arte* ?

☒ Arlequin
☐ Scaramouche
☐ Capitan

Comment s'appelle le côté droit de la scène vu de la salle ?

☐ tribord
☒ côté jardin
☐ côté cour

Comme nomme-t-on le dernier étage d'un théâtre, au-dessus des loges et des balcons ?

☐ le paradis
☒ le poulailler
☐ l'enfer

Que signifie l'expression « chausser le cothurne » ?

☐ jouer une tragédie
☐ avoir un rôle insignifiant
☐ déclamer de manière pompeuse, en forçant le ton

« QU'EST-CE QU'UN POÈTE ? »

« Qu'est-ce qu'un poète, si ce n'est un traducteur, un déchiffreur ? » demande Charles Baudelaire. Alors, réveillez le poète qui sommeille en vous !

« Et l'unique cordeau des trompettes marines. »
Chantre, poème d'Apollinaire dans *Alcools*, n'est composé que d'un vers. Il s'agit d'un :

- ☐ hémistiche
- ☐ monostiche
- ☐ pastiche

« Pour qui sont ces serpents qui sifflent sur vos têtes ? » Comment nomme-t-on la répétition d'une consonne comme dans ce célèbre vers d'*Andromaque* de Racine ?

- ☐ allitération
- ☐ assonance
- ☐ césure

« Cette obscure clarté qui tombe des étoiles. »
Ce vers du *Cid* de Corneille est-il :

- ☐ un octosyllabe
- ☐ un alexandrin
- ☐ un décasyllabe

Un sonnet est un poème dont la forme est définie très précisément :

- ☐ deux quatrains (strophe de quatre vers) suivis de deux tercets (strophe de trois vers)
- ☐ un tercet suivi de deux quatrains et d'un tercet

☐ un tercet, un quatrain et, à nouveau, un tercet, un quatrain

L'organisation des rimes connaît de nombreuses variations. Saurez-vous reconnaître dans les trois strophes suivantes :

☐ les rimes plates
☐ les rimes embrassées
☐ les rimes croisées

Jean de La Fontaine, *La cigale et la fourmi* :
« La Fourmi n'est pas prêteuse :
C'est là son moindre défaut.
Que faisiez-vous au temps chaud ?
Dit-elle à cette emprunteuse. »

rimes . . . .

Alphonse de Lamartine, *Le lac* :
« Que le vent qui gémit, le roseau qui soupire,
Que les parfums légers de ton air embaumé,
Que tout ce qu'on entend, l'on voit ou l'on respire,
Tout dise : "Ils ont aimé !" »

rimes . . . .

Guillaume Apollinaire, *Les saltimbanques* :
« Dans la plaine les baladins
S'éloignent au long des jardins
Devant l'huis des auberges grises
Par les villages sans églises. »

rimes . . . .

Le vers léonin est un procédé très prisé par Corneille :
« Je n'en vois point mourir que mon cœur n'en soupire » (*Polyeucte*)
« Jusqu'au dernier soupir, je veux bien le redire » (*Le Cid*)
Il s'agit de :

- ☐ faire rimer les deux hémistiches (chaque hémistiche étant composé de 6 syllabes)
- ☐ toujours commencer le vers par la lettre J
- ☐ toujours terminer le vers par un verbe du 3e groupe

Et pour conclure avec légèreté et humour, découvrez le « Léger spécimen de vers néo-alexandrins » d'Alphonse Allais, dans Par les bois du Djinn Parle et bois du gin.

LÉGER SPÉCIMEN
DE VERS NÉO-ALEXANDRINS

Le vers néo-alexandrin, dont j'ai l'honneur d'être l'auteur, se distingue de l'ancien en ce que, au lieu d'être à la fin, la rime se trouve au commencement (c'est bien son tour).
Ce nouveau vers doit se composer d'une moyenne de douze pieds ; je dis *d'une moyenne* parce qu'il n'est pas nécessaire que chaque vers ait personnellement douze pieds.
L'important est qu'à la fin du poème, le lecteur trouve son compte exact de pieds, sans quoi l'auteur s'exposerait à des réclamations, des criailleries parfaitement légitimes, nous en convenons, mais fort pénibles.
Voici un léger spécimen de ces vers néo-alexandrins :

Cher *ami gardéniste, amateur de bonne* 11
Chère, *on t'appelle à l'appareil téléphonique* 12
Allô ! *qu'y a-t-il ? — Voici* 7
À l'Hô*tel Terminus (le fameux Terminus !)* 12
Nous nous *réunirons* 6
(Nounous, *le présent avis n'est pas*
pour votre fiole)........................... 14
Samedi… *(non lundi) 20 mars*
à 7 heures précises 14
Ça me dit, *cette proposition, et à toi*
aussi j'espère 17
Lundi *20 mars donc… (non samedi,*
mais non lundi) 13
L'un dit *une chose, l'autre une autre,*
voilà comme on se trompe 16
On se *les calera bien, fois d'Alf*.................. 9
Onse *Allais ! après quoi suivront* 8
Concert *varié, danses lascives,*
bref le programme 14
Qu'on sert *d'habitude dans nos cordiales*
et charmantes petites soirées................. 20
Amène *ta bonne amie, ça nous fera plaisir* 13
Amen ! *Alphonse Allais* 6

192

Or $\frac{192}{16} = 12$ C.Q.F.D.

CHANTS D'OISEAUX

C'est le chant du rossignol et non de l'alouette qui éveille Roméo et Juliette, les amants de Shakespeare... Mais comment nomme-t-on le chant du rossignol ?

Le rossignol	•	•	grisolle
Le héron	•	•	trisse
L'albatros	•	•	cancane
Le poussin	•	•	ramage
La chouette	•	•	croule
La colombe	•	•	babille
La bécasse	•	•	zinzinule
La fauvette	•	•	roucoule
La grive	•	•	grince
Le coucou	•	•	coucoule
Le coq	•	•	piaille
La caille	•	•	hante
La chauve-souris	•	•	glougloute
Le pingouin	•	•	cacabe
La huppe	•	•	pupule
Le canard	•	•	hue
L'alouette	•	•	gringotte
L'hirondelle	•	•	piaule
Le pinson	•	•	jacasse
Le dindon	•	•	ulule
La pie	•	•	jabote

MYTHOLOGIE

Leurs noms sont passés dans le langage courant. Connaissez-vous leur véritable histoire ?

Gérard de Nerval, *La Pandora* : « L'aspect ténébreux des hauts portiques, où plane la souris chauve, où fuit le lézard, où bondit le chevreau qui broute les vertes *acanthes*, me remplissait de joie et d'amour. »
Qui était Acanthe ?

- ☐ une mortelle qui griffa Apollon qui essayait de l'enlever. Pour se venger, il la transforma en plante épineuse
- ☐ une nymphe, que, par amour, Zeus transforma en plante épineuse afin qu'elle reste accrochée à lui

Alexandre Dumas, *Le Comte de Monte-Cristo* : « Vous vous occupez de géographie, Monsieur ? C'est une riche étude, pour vous surtout qui, à ce qu'on assure, avez vu autant de pays qu'il y en a de gravés sur cet *atlas*. »
Qui était Atlas ?

- ☐ un géant de la mythologie grecque qui portait le monde sur ses épaules
- ☐ à l'origine du monde, ce dieu grec fit jaillir les montagnes et les fleuves

Marcel Proust, *Le Temps retrouvé* : « Une fois quitté le pont des Invalides, il ne faisait plus jour dans le ciel, il n'y avait même guère de lumières dans la ville et butant çà et là contre des poubelles, prenant un chemin pour un autre, je me trouvais sans m'en douter, en suivant machinalement un *dédale* de rues obscures, arrivé sur les boulevards. »

Qui était Dédale ?

- ☐ un satyre qui hantait les ruelles mal famées des villes antiques
- ☐ l'architecte qui a construit le labyrinthe où était enfermé le Minotaure

Simone de Beauvoir, *Les Mandarins* : « Sur les trottoirs des couples dansaient, on entendait l'*écho* d'un très bon jazz. »

Qui était Écho ?

- ☐ la déesse de la musique et plus particulièrement des instruments à vent
- ☐ une nymphe des sources et des forêts qui racontait des histoires à Héra pendant que Zeus, son mari, batifolait. Pour la punir, Héra lui ôta la parole et l'obligea à répéter tout ce qu'elle entendait

Marcel Proust, *Le Côté de Guermantes* : « Nous aimerions avoir connu Mme de Pompadour qui protégea si bien les arts, et nous nous serions autant ennuyés auprès d'elle qu'auprès des *modernes égéries*, chez qui nous ne pouvons nous décider à retourner tant elles sont médiocres. »

Qui était Égérie ?

- ☐ l'une des neuf muses, son art est la littérature
- ☐ la nymphe et déesse des sources, inspiratrice du roi Numa Pompilius

Jean-Paul Sartre, *Les Mots* : « Sous mes yeux, une *méduse* heurtait la vitre de l'aquarium, fronçait mollement sa collerette, s'effilochait dans les ténèbres. »

Qui était Méduse ?

- ☐ une des trois gorgones. Son regard avait le pouvoir de changer les hommes en pierre
- ☐ déesse de la mer réputée pour sa longue chevelure dans laquelle les nageurs s'emmêlaient et se noyaient

Alphonse de Lamartine, *Voyage en Orient* : « Il y a du feu sur le pont, où deux femmes âgées font cuire du poisson. Une jeune fille de quinze à seize ans paraît de temps en temps parmi ces *mégères* : figure céleste, apparition angélique au milieu de ces figures infernales. »

Qui était Mégère ?

- ☐ une des trois Furies, divinités infernales
- ☐ surnom donné à l'épouse de Jupiter, réputée pour sa jalousie et son mauvais caractère

Sigmund Freud, *Introduction à la psychanalyse* : « Je puis vous assurer en outre que vous êtes mal informés, si vous croyez que conseiller et guider dans les circonstances de la vie fait partie de l'influence psychanalytique. Au contraire, nous repoussons autant que possible ce rôle de *mentor* et n'avons qu'un désir, celui de voir le malade prendre lui-même ses décisions. »

Qui était Mentor ?

- ☐ l'ami d'Ulysse, précepteur de son fils Télémaque. La déesse Athéna emprunta ses traits
- ☐ le précepteur des enfants de Zeus

Roger Martin du Gard, *Les Thibault* : « Giuseppe cesse de ramer. L'air s'arrête autour d'eux. Silence ailé. Le golfe est de *mercure*. Splendeur. Mol clapotis de l'eau contre la barque. »

Qui était Mercure ?

- ☐ le dieu romain du commerce et des messagers
- ☐ le dieu des vents et des marées

George Sand, *Histoire de ma vie* : « Il n'entendait rien à la médecine et appliquait ce maudit émétique à tous les maux. C'était sa *panacée* universelle. »
Qui était Panacée ?

- ☐ une nymphe qui soigna Zeus lors d'une maladie
- ☐ une déesse grecque qui prodiguait des remèdes à base de plantes aux malades

MOTS RARES

Que signifient les mots suivants ?

René de Chateaubriand, *Mémoires d'outre-tombe* : « Une blondine dans son *aprilée*, se levait légère, en faisant le bruit d'une fleur ; elle avançait et penchait vers moi son visage d'une fraîcheur éblouissante ; elle était toute curiosité, tout mystère : on eût dit d'une rose inclinée sous le poids de ses parfums et de ses secrets. »

Aprilée signifie
- ☐ charme printanier
- ☐ amertume
- ☐ adolescence

Émile Zola, *L'Assommoir* : « Ces *crapoussins*-là, quand ça vient au monde, ça ne se doute guère du mal que ça fait. »

Crapoussins signifie
- ☐ crapules
- ☐ crapauds
- ☐ enfants

Jean-Paul Sartre, *Le Sursis* : « Pauvre petit morpion, tu viens chez moi, tu ne m'as jamais vu, tu sors tes *fafiots* et tu les poses sur la table, c'est un coup à te faire assassiner. »

Fafiots signifie
- ☐ billet
- ☐ papiers d'identité
- ☐ bijou

Blaise Cendrars, *Bourlinguer* : « Devant la porte des bars stationnaient des types, la casquette sur leurs yeux fureteurs encadrés de *rouflaquettes* ou le chapeau melon en arrière sur la nuque dégageant leur face rasée, ébouillantée, porcine et rose. »

Rouflaquettes signifie

- ☐ rides
- ☐ moustache
- ☐ mèches de cheveux sur les tempes

Jean Giono, *Solitude de la pitié* : « La main toute *mâchurée* d'égratignures. »

Mâchurée signifie

- ☐ ensanglantée
- ☐ barbouillée
- ☐ arrachée

Stendhal, *Correspondance*, 1842 : « De mémoire d'homme on n'a vu *amphigouri* pareil : ni plan, ni action, ni style. »

Amphigouri signifie

- ☐ discours ou écrit volontairement obscur
- ☐ longue énumération de mots
- ☐ brouillon d'un roman

André Gide, *Les Faux-monnayeurs* : « Comme s'il n'y avait pas déjà suffisamment de *magots* et de paltoquets sur la terre ! »

Magot signifie

- ☐ un homme prétentieux
- ☐ un homme très laid
- ☐ un homme très riche

Auguste Le Breton, *Du rififi chez les hommes* : « Les caves, les uns après les autres, *mettaient les adjas*. »

Mettre les adjas signifie

- ☐ se nourrir
- ☐ s'endormir
- ☐ s'en aller

Louis-Ferdinand Céline, *Mort à crédit* : « Il se fâchait tout rouge… il *carambouillait* son faux-col… il explosait en postillons. »

Carambouiller signifie

- ☐ mettre en désordre
- ☐ piétiner
- ☐ déchirer

Alfred de Musset, *Les Caprices de Marianne* : « Quatre robes, ma chère, quatre amours de robes qui me venaient de Londres, perdues à la douane. Si vous les aviez vues, c'est à en pleurer ; il y en avait une *perse* et une puce : on ne fera jamais rien de pareil. »

Perse signifie

- ☐ dorée
- ☐ rose
- ☐ bleue

À LA TABLE DES ÉCRIVAINS

Parce qu'il n'y a pas que les nourritures intellectuelles qui intéressent les écrivains, saurez-vous rendre à ces termes culinaires leur sens ?

Edmond Rostand, *Cyrano de Bergerac* :
« Mettez de la pâte à flan
Dans le flanc
De moules à tartelette ;
D'un doigt preste, *abricotez*
Les côtés ;
Versez goutte à gouttelette
Votre mousse en ces puits, puis
Que ces puits passent au four, et, blondines,
Sortant en gais troupelets,
Ce sont les Tartelettes amandines ! »

Abricoter signifie
- ☐ garnir un fond de tarte de moitiés d'abricots
- ☐ napper de gelée d'abricot
- ☐ faire des motifs avec de la pâte

Émile Zola, *Nana* : « Personne ne mangeait plus ; on gâchait dans les assiettes des cèpes à l'italienne et des *croustades* d'ananas pompadour. »

La *croustade* est
- ☐ un pâté en croûte
- ☐ une croûte que l'on garnit d'une préparation
- ☐ une sorte de pudding à base de croûtes de pain

Balzac, *La Maison Nucingen* : « Il vit l'Allemagne et l'Angleterre, un peu Saint-Pétersbourg, parcourut la Hollande ; mais il se sépara desdits trente mille francs en vivant comme s'il avait trente mille livres de rente. Il trouva partout le suprême de volaille, l'*aspic*, et les vins de France, entendit parler français à tout le monde, enfin il ne sut pas sortir de Paris. »

L'*aspic* est
- ☐ un pâté de foie
- ☐ un gâteau à la crème pâtissière
- ☐ une entrée froide à base de gelée

George Sand, *Correspondance*, 1843 : « Françoise fait un *poirat* superbe. »

Un *poirat* est
- ☐ une tarte aux poires
- ☐ un alcool de poire
- ☐ de la compote de poires

Émile Zola, *Le Ventre de Paris* : « Les larges cuivres de la cheminée luisaient, les volailles fumaient, la graisse chantait dans la *lèchefrite*. »

Une *lèchefrite* est
- ☐ une friteuse
- ☐ un plat placé sous la broche pour récupérer la graisse
- ☐ une passoire pour filtrer la graisse

Edmond Rostand, *Cyrano de Bergerac* : « CYRANO, *prenant vivement des sacs de papier sur le comptoir.*
Bon. Voici deux sonnets de Monsieur Benserade…
LA DUÈGNE. — Heu ! …
CYRANO. — … que je vous remplis de *darioles*. »

Les *darioles* sont
- ☐ des fruits confits
- ☐ une friture de poissons
- ☐ de petites pâtisseries parfumées

Prosper Mérimée, *Colomba* : « Cette palombe dont vous parlez, Mademoiselle, c'est cet oiseau que nous avons mangé aujourd'hui à la *crapaudine* ? »

La *crapaudine* est
- ☐ une manière de faire griller les volailles, ailes et jambes écartées
- ☐ une volaille cuite dans du bouillon
- ☐ une volaille farcie d'herbes aromatiques

Roger Martin du Gard, *Les Thibault (L'Été 14)* : « Une savoureuse portion de veau, généreusement *lardée*, fricassée dans la poêle et garnie de carottes. »

Larder signifie
- ☐ beurrer ou huiler une pièce de viande
- ☐ assaisonner et relever d'épices
- ☐ garnir un morceau de viande de tranches de lard

Raymond Queneau, *Loin de Rueil* : « Je ne veux pas d'histoires, dit le barman qui *zestait* un citron. »

Zester signifie
- ☐ presser le citron
- ☐ prélever un morceau de la peau du citron
- ☐ ôter les pépins du citron

Marcel Proust, *Du côté de chez Swann* : « Françoise, commandant aux forces de la nature devenues ses aides, comme dans les féeries où les géants se font engager comme cuisiniers, frappait la houille, donnait à la vapeur des pommes de terre à *étuver* et faisait finir à point par le feu les chefs-d'œuvre culinaires d'abord préparés dans des récipients de céramistes. »

Étuver signifie

- ☐ faire cuire à chaleur douce
- ☐ faire dégorger un légume
- ☐ faire bouillir un légume

LES MOTS VOYAGEURS

Si le français est composé de nombreux mots venus du latin ou du grec, d'autres viennent d'un peu plus loin. Pourrez-vous leur rendre leur origine ?

bazar	•	•	anglais
tsar	•	•	hindoustani
zéro	•	•	portugais
heaume	•	•	espagnol
bungalow	•	•	suédois
slip	•	•	persan
baroque	•	•	arabe
ranch	•	•	allemand
ghetto	•	•	persan
nickel	•	•	russe
pacha	•	•	italien

SAVOIR VIVRE ET SAVOIR ÉCRIRE

Émule de la marquise de Sévigné ou du cardinal de Retz, il faut savoir s'adresser à l'écrit comme à l'oral à certains éminents personnages... On ne sait jamais ! Comment vous adresserez-vous à :

	à l'oral ou en tête d'une lettre	dans une lettre
un roi	. . . .	. . . .
un ambassadeur	. . . .	. . . .
un général	si vous êtes un homme :	
	. . . .	. . . .
	si vous êtes une femme :	
	. . . .	. . . .
un cardinal	. . . .	. . . .
une princesse	. . . .	. . . .
un avocat	. . . .	. . . .
un empereur	. . . .	. . . .
un Premier ministre	. . . .	. . . .
un ministre de la Justice	. . . .	. . . .
un médecin	. . . .	. . . .
un capitaine de corvette ou de vaisseau	. . . .	. . . .
un vice-amiral	. . . .	. . . .

FIGURES DE STYLE

Procédé fort goûté par les poètes, mais honni par les lycéens, la figure de style joue sur la syntaxe ou le lexique. Saurez-vous reconnaître ces figures de style dans les citations ci-dessous ? asyndète — oxymore — figure dérivative — anadiplose — zeugme — chiasme — allégorie — allitération — synecdoque — polyptote.

Corneille, *Le Cid* : « Cette obscure clarté qui tombe des étoiles. »

. . . .

La Fontaine, « Le Coche et la Mouche », *Fables* : « L'attelage suait, soufflait, était rendu. »

. . . .

Robert Desnos, « Chanson de chasse », *Corps et biens* : « La chasseresse sans chance / de son sein choie son sang sur ses chasselas. »

. . . .

Charles Baudelaire, « Le balcon », *Les Fleurs du Mal* : « Les soirs illuminés par l'ardeur du charbon. »

. . . .

Bossuet, *Oraison funèbre d'Henriette-Anne d'Angleterre* : « Madame se meurt ! Madame est morte ! »

. . . .

Charles Baudelaire, « Le voyage », *Les Fleurs du Mal* : « Ô Mort, vieux capitaine, il est temps ! »

. . . .

Joachim Du Bellay, *Les Antiquités de Rome* : « Comme le champ semé en verdure foisonne, / De verdure se hausse en tuyau verdissant, / Du tuyau se hérisse en épi florissant. »

. . . .

Victor Hugo, « L'expiation », *Les Châtiments* : « Fuyards, blessés, mourants, caissons, brancards, civières, / On s'écrasait aux ponts pour passer les rivières. »

. . . .

Raymond Queneau, *Zazie dans le métro* : « On devrait faire l'amour et la poussière. »

. . . .

Malherbe, « Beauté, mon beau souci », *Poésies* : « Beauté, mon beau souci. »

. . . .

LE JARGON DES MÉTIERS

Chaque métier a son propre vocabulaire. Sauriez-vous rendre ces termes à chacun ?

Si vous parlez d'amourette	•	•	vous êtes boulanger
Si vous parlez d'épinards	•	•	vous êtes brocanteur
Si vous dessalez	•	•	vous êtes sapeur-pompier
Si vous parlez d'un bien mort	•	•	vous êtes boucher
Si vous parlez d'un marronnier	•	•	vous êtes médecin
Si vous parlez d'un carabin	•	•	vous êtes agent immobilier
Si vous parlez d'accordéon	•	•	vous êtes journaliste
Si vous parlez d'un sarce	•	•	vous êtes policier
Si vous parlez de grignes	•	•	vous êtes marin

DE LA CULTURE À L'ÉLEVAGE

Saurez-vous dire quels animaux vous élevez si vous faites de :

l'apiculture	•	•	des chiens
la cuniculiculture	•	•	des escargots
l'héliciculture	•	•	des bovins
l'oviculture	•	•	des moutons
la lombriculture	•	•	des huîtres perlières
la mytiliculture	•	•	des veaux
la phasiaculture	•	•	des huîtres
la perliculture	•	•	des faisans
la vituliculture	•	•	des abeilles
la caniculture	•	•	des vers de terre
l'ostréiculture	•	•	des moules
la boviculture	•	•	des lapins

MUSCLEZ VOTRE CERVEAU !

Saurez-vous dire au champ lexical de quel sport appartiennent les listes de mots suivantes ?

essai — pilier — mêlée . . . .

fartage — schuss — spatule . . . .

dan — clé — matte . . . .

goal — tacler — corner . . . .

filet — égalité — volée . . . .

practice — bois — drapeau . . . .

piton — bôme — gîte . . . .

LES MOTS DES MAUX

Saurez-vous dire quel est votre problème si votre médecin vous annonce que vous souffrez de maux tels que :

ictère	•	•	grincement de dents
lumbago	•	•	bosse dans le dos
céphalée	•	•	cheveux blancs
peau ansérine	•	•	démangeaison
gibbosité	•	•	jaunisse
odontalgie	•	•	mal de tête
anorexie	•	•	chair de poule
énurésie	•	•	éternuement
asialie	•	•	tour de rein
sternutation	•	•	taches brunes
chloasma	•	•	pipi au lit
bruxisme	•	•	mal de dents
canitie	•	•	manque de salive
prurit	•	•	saignement de nez
épistaxis	•	•	perte de l'appétit

LES CONTRAIRES

Si certains contraires — ou antonymes — sont évidents, d'autres, en revanche... À vous de jouer pour les trouver !

austral / . . . .

misogyne / . . . .

ésotérique / . . . .

somatique / . . . .

consanguin / . . . .

polyandrie / . . . .

remblai / . . . .

levant / . . . .

apogée / . . . .

ubac / . . . .

ORTHOGRAPHE
& CONJUGAISON

J'ai mis un bonnet rouge au vieux dictionnaire.

VICTOR HUGO
Les Contemplations

DRÔLES DE VERBES

Certains verbes sont difficiles à conjuguer, ils sonnent mal à l'oreille... Ces propositions sont-elles vraies ou fausses ?

Le verbe *braire* n'a pas de passé simple.

. . . .

Bouera est le futur du verbe *bouillir* à la 3e personne du singulier.

. . . .

Créera est le futur du verbe *créer* à la 3e personne du singulier.

. . . .

Fatigant est le participe présent du verbe *fatiguer*.

. . . .

Pourrîmes est la 1re personne du pluriel de *pourrir* au passé simple.

. . . .

Accueillissent est la 3e personne du pluriel du verbe *accueillir* au subjonctif imparfait.

. . . .

Vous eussiez écrit est le passé antérieur du verbe *écrire*.

. . . .

L'impératif singulier du verbe *asseoir* est *assois-toi.*

. . . .

Je cueillirai est le futur du verbe *cueillir*.

. . . .

Nous jetterons est le futur du verbe *jeter*.

. . . .

PLURIEL DES MOTS COMPOSÉS

Ce n'est pas toujours facile de mettre au pluriel un mot composé. Il y a des règles bien précises qu'il faut connaître, sinon... Petit test :

Un soutien-gorge
Des ☐ soutiens-gorges
☐ soutien-gorge
☐ soutiens-gorge

Un abat-jour
Des ☐ abat-jour
☐ abats-jours
☐ abat-jours

Un chou-fleur
Des ☐ choux-fleurs
☐ choux-fleur
☐ chou-fleurs

Un tire-bouchon
Des ☐ tire-bouchons
☐ tires-bouchons
☐ tires-bouchon

Pied-de-poule
☐ pied-de-poule
☐ pieds-de-poules
☐ pieds-de-poule

Un réveille-matin

Des ☐ réveilles-matin
☐ réveille-matins
☐ réveille-matin

Un clair-obscur

Des ☐ clairs-obscurs
☐ clairs-obscur
☐ clair-obscurs

Un rouge-gorge

Des ☐ rouges-gorges
☐ rouges-gorge
☐ rouge-gorges

Un coffre-fort

Des ☐ coffres-fort
☐ coffres-forts
☐ coffre-forts

Un avant-poste

Des ☐ avants-postes
☐ avant-postes
☐ avant-poste

Un infra-son

Des ☐ infras-sons
☐ infra-son
☐ infra-sons

ORTHOGRAPHE

Quelle est la bonne orthographe ?

Émile Zola, *Nana* : « Cette dernière nuit d'amour le frappait d' ☐ imbécillité ☐ imbécillitée ☐ imbécilitté, il retombait en enfance ; et, ne trouvant plus les mots, à moitié paralysé, bégayant, grelottant, il restait dans une attitude de fuite. »

Jules Verne, *Vingt mille lieues sous les mers* : « Cependant, la solution du problème qui m'est soumis peut affecter la forme du ☐ dilemme ☐ dilemne ☐ dileme. »

Honoré de Balzac, *Illusions perdues* : « La mythologie, qui certes est une des plus grandes inventions humaines, a mis la vérité dans le fond d'un ☐ puit ☐ puits ☐ puid ; ne faut-il pas des seaux pour l'en tirer ? »

André Gide, *Journal,* 1893 : « Des scrupules suffisent à nous ☐ empêcher ☐ empècher ☐ empécher le bonheur. »

Théophile Gautier, *Le Capitaine Fracasse* : « Hum ! fit Agostin, quelquefois les voyageurs mettent des ☐ caillous ☐ caillou ☐ cailloux dans leurs bagages pour se créer de la considération auprès des hôteliers ; cela s'est vu. »

Jules Renard, *Journal,* 1896 : « Il y a en moi un ☐ fond ☐ fonds ☐ font de grossièreté qui me permet de comprendre les paysans et de pénétrer loin dans leur vie. »

Gustave Flaubert, *L'Éducation sentimentale* : « L'idée de se marier ne lui paraissait plus ☐ exhorbitante ☐ exorbitante ☐ exorbitente. Ils voyageraient, ils iraient en Italie, en Orient ! »

LA CONJUGAISON

Retournez sur les bancs de l'école et replongez-vous dans le temps des verbes et tous les pièges de la conjugaison…

Quel est le passé simple de l'indicatif de COUDRE ?
- ☐ je cousai
- ☐ je cousis
- ☐ je cousus

Quel est le futur de l'indicatif de CRÉER ?
- ☐ tu créeras
- ☐ tu créras
- ☐ tu crééra

Quel est le présent du subjonctif de BOUILLIR ?
- ☐ qu'il bout
- ☐ qu'il bouille
- ☐ qu'il boue

Quel est le présent du conditionnel de METTRE ?
- ☐ vous mettez
- ☐ vous mettiez
- ☐ vous mettriez

Quel est le présent de l'indicatif d'ACQUÉRIR ?
- ☐ j'acquiers
- ☐ j'aquiers
- ☐ j'acquière

Quel est l'imparfait du subjonctif d'AVOIR ?

- ☐ nous eussions
- ☐ nous eûssions
- ☐ nous ayions

Quel est le plus-que-parfait de l'indicatif de SOURIRE ?

- ☐ il avait souri
- ☐ il avait souris
- ☐ il eût souri

Quel est le futur antérieur de l'indicatif de MOUDRE au passif ?

- ☐ j'aurais été moulu(e)
- ☐ j'aurai été moulu(e)
- ☐ j'avais été moulu(e)

Quel est le passé antérieur de l'indicatif de PRENDRE ?

- ☐ nous eûmes pris
- ☐ nous eumes pris
- ☐ nous prîmes

Quel est le présent du subjonctif de COPIER ?

- ☐ que nous copions
- ☐ que nous copîmes
- ☐ que nous copiions

À VOS ORDRES !

Daniel Pennac écrit dans Comme un roman*: « Le verbe lire ne supporte pas l'impératif. Aversion qu'il partage avec quelques autres : le verbe "aimer"... le verbe "rêver"... » Saurez-vous conjuguer correctement les verbes suivants à l'impératif ?*

FAIRE	☐ fais	☐ fait
PRENDRE	☐ prend	☐ prends
SAVOIR	☐ sais	☐ sache
AVOIR	☐ aie	☐ ais
ÊTRE	☐ sois	☐ soit
VOIR	☐ voit	☐ vois
ÉCRIRE	☐ écris	☐ écrit
POUVOIR	☐ puis	☐ peux
PLAIRE	☐ plais	☐ plaît
DIRE	☐ dis	☐ dit

PETITS PIÈGES DE LA LANGUE FRANÇAISE

Saurez-vous dire quel est le point commun entre les mots de chaque liste?

1. pleuvoir — neiger — tonner — grêler — venter — verglacer — bruiner — glacer

2. carnaval — chacal — régal

3. bonbon — embonpoint — néanmoins

4. hibou — chou — caillou — genou — joujou — pou — bijou — ripou

5. escampette — escient — goguette — lurette — cocagne

6. percussion — discussion — concussion — répercussion

7. crotter — menotter — flotter — carotter — déculotter

8. ricané — médit— tardé — péroré — bavardé — ri — menti

9. pneu — bleu — lieu (poisson) — émeu — enfeu

10. ouvrir — tressaillir — couvrir — cueillir — souffrir

TRÉMA

Hérité du grec, le tréma est un accent diacritique qui permet de séparer la prononciation de deux voyelles. Reste à placer ces deux petits points sur la bonne lettre !

L.-F. Céline, *Mort à crédit* : « Les bureaux du "géniteur" en fait de terrible désordre, de ☐ capharnaüm ☐ capharnäum absolu, de pagaye totale, on pouvait pas voir beaucoup pire… »

Guy de Maupassant, *Bel-Ami* : « Elle haïssait Suzanne d'une haine ☐ aigüe ☐ aiguë, faite de passion exaspérée et de jalousie déchirante, étrange jalousie de mère et de maîtresse… »

Paul Morand, *Les Extravagants* : « Le ☐ canöe ☐ canoë a remis en honneur les rivières de France abandonnées. »

Albert Camus, *L'Envers et l'Endroit* : « Il était pour eux [trois jeunes] le vieillard dont on sait que tout allait bien de son temps, quand il croyait être l' ☐ aïeul ☐ aieül respecté dont l'expérience fait poids. Les jeunes ne savent pas que l'expérience est une défaite et qu'il faut tout perdre pour savoir un peu. »

André Gide, *Le Retour de l'enfant prodigue* : « De quel chaos l'homme est sorti, tu l'apprendras si tu ne le sais pas encore. Il en est mal sorti ; de tout son poids ☐ naïf ☐ näif il y retombe dès que l'esprit ne le soulève plus au-dessus. »

Jean Paulhan, *Les Fleurs de Tarbes* : « Combien parmi nous, qui rendent un culte à la Sainte Vierge, osent se souvenir que le plus célèbre monument des ☐ paiëns ☐ païens était dédié à la pureté? Le Parthénon : le temple de la jeune fille... »

Charles Péguy, *Ève* : « Vous regardez monter cette double impuissance,
L'impuissance d'aimer et celle de ☐ häir ☐ haïr
Vous regardez monter cette double licence,
La licence d'aimer et celle de trahir. »

Erckmann-Chatrian, *Histoire d'un paysan* : « Cependant, reprit-il pour éviter toute équivoque et tout délai, je déclare que, si l'on vous a chargé de nous faire sortir d'ici, vous devez demander des ordres pour employer la force, car nous ne quitterons nos places que par la puissance des ☐ baïonnettes ☐ baiönnettes ! »

Elsa Triolet, *Le premier accroc coûte deux cents francs* : « Il y avait des œillets sur la table, des boules de gui au-dessus de la tête, un petit arbre de ☐ Noël ☐ Nöel dans un coin. »

George Sand, *Histoire de ma vie* : « Il s'était cru ☐ égöiste ☐ égoïste, il s'était trompé : il était incapable de vivre pour lui-même et par lui-même. »

UNE OU DEUX CONSONNES ?

Tout le monde hésite parfois : un ou deux m, *ou* s, *ou* l*? Qu'en pensez-vous ?*

André Gide, *Les Nourritures terrestres* : « La crème affleure lentement ; elle se ☐ boursoufle ☐ boursouffle et se ride et le petit lait s'en dépouille. »

Jules Verne, *Vingt mille lieues sous les mers* : « Cependant, la solution du problème qui m'est soumis peut affecter la forme du ☐ dileme ☐ dilemme. »

Charles Baudelaire, *Les Fleurs du Mal* :
« Vois se pencher les défuntes Années,
Sur les balcons du ciel, en robes ☐ surannées ☐ suranées,
Surgir du fond des eaux le Regret souriant. »

Victor Hugo, *Cromwell* : « Les temps primitifs sont lyriques, les temps antiques sont ☐ épiques ☐ éppiques, les temps modernes sont dramatiques. »

Antonin Artaud, *Le Théâtre et son double* : « La dernière partie du spectacle est, en face de tout ce qui se triture de sale, de brutal, d'infamant, sur nos scènes européennes, d'un anachronisme adorable. Et je ne sais quel est le théâtre qui oserait clouer ainsi et comme au naturel les ☐ affres ☐ afres d'une âme en proie aux phantasmes de l'au-delà. »

Victor Hugo, *L'Homme qui rit* : « Il y avait dans toute sa personne [...], dans l'auguste ☐ occlusion ☐ oclusion sereine de son regard divinement fermé à la terre [...] un voisinage exquis de l'ange. »

Raymond Queneau, *Pierrot mon ami* : « Une ☐ mafflue ☐ maflue matrone dont la graisse gigantesque frémissait derrière le comptoir. »

Jules Romains, *Les Copains* : « Il voulait être seul, pour que son enthousiasme pût se dilater à l'aise, sans se ☐ fripper ☐ friper sur de la chair humaine. »

Gérard de Nerval, *Les Filles du feu* : « Vous m' ☐ acusez ☐ accusez d'imposture, et votre belle bouche ne peut mentir. Vous l'avez dit, je suis fou, j'ai rêvé. »

Stendhal, *Lamiel* : « Ses yeux donc s'entourèrent de quelques rides ; elle fut au désespoir de cette découverte. Un courrier expédié en toute hâte à Paris lui ramena l' ☐ oculiste ☐ occuliste le plus célèbre, M. de La Rouze. »

J.-K. Huysmans, *Là-bas* : « Un besoin de surnaturel qui, à défaut d'idées plus élevées, trébuchait de toutes parts, comme il pouvait, dans le spiritisme et dans l' ☐ oculte ☐ occulte. »

Octave Mirbeau, *Journal d'une femme de chambre* : « Des hommes étaient penchés sur lui, frottaient sa peau avec des flanelles chaudes, lui ☐ insufflaient ☐ insuflaient de l'air par la bouche... »

Stendhal, *Armance* : « Avec la ☐ bonhomie ☐ bonhommie de l'innocence, si le mot

☐ bonhomie ☐ bonhommie ne rougissait pas de se voir employé à l'occasion d'une femme qui avait de si belles poses dans sa bergère. »

Charles Baudelaire, *Les Paradis artificiels* : « C'est quand il est en fleur qu'il possède sa plus grande énergie ; les ☐ somités ☐ sommités fleuries sont, par conséquent, les seules parties employées dans les différentes préparations. »

H ASPIRÉ OU MUET ?

Si, au début de certains mots, sa présence ne change rien à la prononciation, pour d'autres il est essentiel. Quand élidez-vous ou aspirez-vous cette consonne ?

hamster	☐ aspiré	☐ muet
hyène	☐ aspiré	☐ muet
houblon	☐ aspiré	☐ muet
huissier	☐ aspiré	☐ muet
hispanique	☐ aspiré	☐ muet
homard	☐ aspiré	☐ muet
hélas !	☐ aspiré	☐ muet
hôpital	☐ aspiré	☐ muet
herbe	☐ aspiré	☐ muet
humour	☐ aspiré	☐ muet
huit	☐ aspiré	☐ muet
hors-la-loi	☐ aspiré	☐ muet
haleter	☐ aspiré	☐ muet
hiéroglyphe	☐ aspiré	☐ muet
harpe	☐ aspiré	☐ muet

UN I OU UN Y ?

Comment ne pas hésiter parfois entre ces deux voyelles ? Saurez-vous compléter les mots suivants :

..d..ll..que
presb..t..e
s..ph..l..s
asph..x..e
gl..c..ne
m..rt..lle
ps..chanal..se
s..b..ll..n
v..n..le
h..érogl..phe

QUOIQUE OU QUOI QUE ?

Qui n'a jamais réfléchi avant de choisir l'un ou l'autre ? Il y a une astuce pour savoir. Encore faut-il la connaître !

Paul Claudel, *La Ville* : « Dis-moi, comment est-ce qu'il faut faire et par où commencer? Mais que tu nommes le bonheur de l'homme bien-être ou . . . . ce soit d'autre, j'ai dit qu'il n'était pas une fin en soi. »

Honoré de Balzac, *Le Père Goriot* : « Rastignac fut forcé de le remercier, ... depuis les mots aigrement échangés, le jour où il était revenu de chez Madame de Beauséant, cet homme lui fût insupportable. »

André Gide, *Journal* : « Croire que l'on peut arriver à la perfection en . . . . ce soit, en n'ayant plus de regards que pour cela, c'est le fait d'une petite intelligence. »

Germaine de Staël, *De l'Allemagne* : « Méphistophélès déjoue l'esprit lui-même, comme le plus grand des ridicules, quand il fait prendre un intérêt sérieux à . . . . ce soit au monde, et surtout quand il nous donne de la confiance en nos propres forces. »

Simone de Beauvoir, *Les Mandarins* : « Lachaume le regarda d'un air peiné: "Garde-moi rancune si tu y tiens. . . . . vraiment, tu devrais comprendre!" dit-il avec un soupir. »

Jean Anouilh, *La Répétition* : « À la mort de votre pauvre mère, vous avez voulu travailler pour être indépendante et cela partait d'un bon sentiment. . . . ., vous le saviez, vous n'y étiez pas obligée… »

Stendhal, *Le Rouge et le Noir* : « La présence des enfants, ... gênante en apparence, dans le fait augmentait le bonheur commun. »

VARIABLE OU INVARIABLE ?

Certains mots sont invariables, aucun doute ! Pourtant il arrive qu'on hésite… Qu'en pensez-vous ?

	VARIABLE	INVARIABLE
nez	☐	☐
autrui	☐	☐
bleu	☐	☐
cent	☐	☐
vergogne	☐	☐
escient	☐	☐
juin	☐	☐
châtain	☐	☐
mille	☐	☐
vingt	☐	☐

Réponses et solutions

HISTOIRE DE LA LITTÉRATURE

SOUS LA COUPOLE

Marguerite Yourcenar est la première femme élue à l'Académie française le 6 mars 1980.
Émile Zola malgré 24 tentatives n'a jamais été élu à l'Académie.
Marcel Aymé a refusé d'y siéger.
Le cardinal de Richelieu, ministre de Louis XIII, a créé l'Académie française en 1635.
L'Académie compte 40 fauteuils.
Les Immortels en sont à la 9e édition du dictionnaire.
Jacqueline de Romilly remplaça l'épée par un sac à main brodé.
Les Académiciens siègent le jeudi.

PRIX NOBEL

Rudyard Kipling (1907)
Ivan Bounine (1933)
Albert Camus (1957)
Boris Pasternak (1958)
Mario Vargas Llosa (2010)
Orhan Pamuk (2006)
Jean-Paul Sartre (1964, mais il a refusé le prix)
William Faulkner (1949)
Miguel Ángel Asturias (1967)
Kenzaburō Ōe (1994)

PLACE DES GRANDS HOMMES

Sont inhumés au Panthéon à ce jour: Victor Hugo, Voltaire, André Malraux, Jean-Jacques Rousseau et Alexandre Dumas.

Au Père-Lachaise, vous trouverez les tombes de Marcel Proust, Colette, ainsi que celle de Molière même s'il est difficile d'affirmer que ce sont bien les restes de Jean-Baptiste Poquelin. Émile Zola, lui, est inhumé au cimetière de Montmartre. La marquise de Sévigné repose dans la chapelle de son château de Grignan. Fénelon dispose d'un magnifique tombeau sculpté dans la cathédrale de Cambrai, ville dont il fut archevêque. Albert Camus est chez lui, à Lourmarin, comme Arthur Rimbaud qui est inhumé dans le caveau de sa famille à Charleville, et George Sand auprès de sa famille à Nohant. Quant à François Villon, nul ne sait où se trouve son tombeau...

GENRES LITTÉRAIRES

La Peau de César de René Barjavel est un roman policier dont l'intrigue se déroule autour d'une représentation du *Jules César* de Shakespeare.
Lacrimosa de Régis Jauffret est un roman épistolaire.
Le Square de Marguerite Duras est une pièce de théâtre.
« Le Dormeur du val » d'Arthur Rimbaud est un sonnet en alexandrins.
La Contrevie de Philip Roth est un roman du cycle des livres de Zuckerman.

MOUVEMENTS ET COURANTS LITTÉRAIRES

Jean Racine	classicisme
Victor Hugo	romantisme
Voltaire	les Lumières
Chrétien de Troyes	roman courtois
Paul Valéry	symbolisme
Honoré de Balzac	réalisme
Émile Zola	naturalisme
Nathalie Sarraute	nouveau roman
Eugène Ionesco	théâtre de l'absurde
Théophile Gautier	Parnasse
Jean-Paul Sartre	existentialisme

Lesage	roman picaresque
Joris-Karl Huysmans	décadents
Michel de Montaigne	humanisme
Crébillon fils	libertinage

CITATIONS MÉMORABLES

- « Sans liberté de blâmer, il n'est point d'éloge flatteur » : Beaumarchais, *Le Mariage de Figaro*.
- « Prenez un cercle, caressez-le, il deviendra vicieux ! » : Eugène Ionesco, *La Cantatrice chauve*.
- « Les parfums, les couleurs et les sons se répondent » : Charles Baudelaire, « Correspondances », *Les Fleurs du Mal*.
- « Il ne faut pas faire par les lois ce qu'on peut faire par les mœurs » : Montesquieu, *De l'Esprit des lois*.
- « Le coup passa si près, que le chapeau tomba » : Victor Hugo, « Après la bataille », *La Légende des siècles*.
- « Cueillez dès aujourd'hui les roses de la vie » : Pierre de Ronsard, « Quand vous serez bien vieille... », *Sonnets pour Hélène*.
- « Frappe-toi le cœur, c'est là qu'est le génie » : Alfred de Musset, « À mon ami Édouard », *Premières poésies*.
- « Un seul être vous manque et tout est dépeuplé » : Alphonse de Lamartine, « L'isolement », *Méditations poétiques*.
- « La chair est triste, hélas !, et j'ai lu tous les livres » : Stéphane Mallarmé, « Brise marine », *Poésies*.
- « Je fais souvent ce rêve étrange et pénétrant » : Paul Verlaine, « Mon rêve familier », *Poèmes saturniens*.

À CHAQUE FABLE SA MORALE

« Selon que vous serez puissant ou misérable » : « Les Animaux malades de la peste ».
« La raison du plus fort est toujours la meilleure » : « Le Loup et l'Agneau ».
« Amants, heureux amants, voulez-vous voyager ? » : « Les Deux Pigeons ».

« Apprenez que tout flatteur » : « Le Corbeau et le Renard ».
« Ne nous associons qu'avec nos égaux » : « Le Pot de terre et le Pot de fer ».
« On hasarde de perdre en voulant trop gagner » : « Le Héron ».
« On a souvent besoin d'un plus petit que soi » : « Le Lion et le Rat ».
« Rien ne sert de courir il faut partir à point » : « Le Lièvre et la Tortue ».
« Le monde est plein de gens qui ne sont pas plus sages » : « La Grenouille qui se veut faire aussi grosse qu'un bœuf ».
« Travaillez, prenez de la peine » : « Le Laboureur et ses enfants ».

BESTIAIRE

Jules Renard, *Histoires naturelles* :
« Cette goutte de lune dans l'herbe ! » : le ver luisant.
« L'accent grave sur le sillon » : le corbeau.
« Une petite main noire et poilue crispée sur des cheveux » : l'araignée.
« Noir et collé comme un trou de serrure » : le cafard.
« Il se promène dès les beaux jours, mais il ne sait marcher que sur sa langue » : l'escargot.
« Ce billet doux plié en deux cherche une adresse de fleur » : le papillon.
« Elle finira pourtant par s'abîmer la taille ! » : la guêpe.
« Elle a bien dans la bouche de quoi se faire un corset, mais avec ce tour de taille !... » : la baleine.
« Elle retombe, ivre morte de s'être encore fourrée dans l'œil du soleil » : l'alouette.
« Le lapin devenu grand » : l'âne.

Guillaume Apollinaire, *Bestiaire* :

« Tu t'acharnes sur la beauté »	le serpent
« Jetant son encre vers les cieux »	le poulpe
« En faisant la roue, cet oiseau »	le paon
« Ce chérubin dit la louange »	le bœuf
« Je connais un autre connin »	le lapin

EN TERMES FLEURIS...

James Hadley Chase	*Pas d'orchidées pour Miss Blandish*
Alexandre Dumas	*La Tulipe noire*
Michel Tournier	*L'Aire du muguet*
Mircea Eliade	*Les Dix-neuf Roses*
Joseph Conrad	*Le Nègre du Narcisse*
Boris Schreiber	*Le Tournesol déchiré*
Jean Giono	*L'Iris de Suse*
Mikhaïl Boulgakov	*Le Maître et Marguerite*

... ET COLORÉS

Stendhal	*Le Rouge et le Noir* ou *Le Rose et le Vert*
Lajos Zilahy	*Le Siècle écarlate*
Jacques Tournier	*Des persiennes vert perroquet*
Marguerite Yourcenar	*Conte bleu*
Elsa Triolet	*Le Cheval blanc*
Jules Verne	*Le Volcan d'or*
Isaac Babel	*Cavalerie rouge*
Jules Romains	*Le Vin blanc de la Villette*
Raymond Queneau	*Les Fleurs bleues*
Masuji Ibuse	*Pluie noire*

EN FAMILLE

Honoré de Balzac	*La Cousine Bette*
Mario Vargas Llosa	*Tante Julia et le Scribouillard*
Roald Dahl	*Mon oncle Oswald*
Guy de Maupassant	*Les Sœurs Rondoli*
Harriet Beecher-Stowe	*La Case de l'oncle Tom*
Pierre Loti	*Mon frère Yves*

Chester Himes	*Mamie Mason*
Anton Tchekhov	*Oncle Vania*
Georges Simenon	*La Veuve Couderc*
Henri Bosco	*Tante Martine*

MA MAMAN CHÉRIE

Charles Baudelaire	Caroline Dufaÿs
Marcel Proust	Jeanne Clémence Weil
William Faulkner	Maud Butler
Romain Gary	Mina Owczyńska
Victor Hugo	Sophie Trébuchet
Antoine de Saint-Exupéry	Marie Boyer de Fonscolombe
André Gide	Juliette Rondeaux
Jean Cocteau	Eugénie Lecomte
Patrick Modiano	Louisa Colpeyn
Gustave Flaubert	Anne Fleuriot
Albert Cohen	Louise Judith Ferro

ÉCRIVAINS DU MONDE

Jorge Luis Borges	Argentine
Nadine Gordimer	Afrique du Sud
Katherine Mansfield	Nouvelle-Zélande
Charles Dickens	Angleterre
Federico García Lorca	Espagne
Georges Simenon	Belgique
Yann Martel	Canada
Mircea Eliade	Roumanie
Orhan Pamuk	Turquie
Jo Nesbø	Norvège
Saskia Noort	Pays-Bas

Lao She	Chine
Yukio Mishima	Japon
Rabindranath Tagore	Inde
Léon Tolstoï	Russie

MÉTROPOLIS

L'inspecteur Harry Hole (Jo Nesbø)	Oslo
L'inspecteur Rebus (Ian Rankin)	Édimbourg
Jack Taylor (Ken Bruen)	Galway
Varg Veum (Gunnar Staalesen)	Bergen
L'inspecteur Selb (Bernhard Schlink)	Mannheim
L'inspecteur Faraday (Graham Hurley)	Portsmouth
Fabio Montale (Jean-Claude Izzo)	Marseille
Lew Griffin (James Sallis)	La Nouvelle-Orléans
Eberhard Mock (Marek Krajewski)	Breslau
Le commissaire Maigret (Georges Simenon)	Paris

POÈMES EN CAPITALES

Guillaume Apollinaire	Paris, dans « Zone », *Alcools*
Théophile Gautier	Madrid, dans « La Petite Rose », *España*
Alphonse de Lamartine	Rome, dans « La Liberté ou Une nuit à Rome », *Nouvelles méditations poétiques*
Émile Verhaeren	Londres, dans « Londres », *Les Soirs*

Voltaire	Lisbonne, dans « Poème sur le désastre de Lisbonne »

LES MAISONS DES ÉCRIVAINS

Edmond Rostand	Arnaga, à Cambo-les-Bains
Colette	La Treille muscate, à Saint-Tropez
Louis Aragon	Le moulin de Villeneuve, à Saint-Arnoult-en-Yvelines
Pierre Loti	Bakhar-Etchea, à Hendaye (ce qui signifie la « maison du solitaire »)
Rabelais	La Devinière, à Chinon
Jean Giono	Lou Paraïs, à Manosque
Honoré de Balzac	Le château de Saché
Françoise Sagan	Le manoir du Breuil, près de Deauville
Victor Hugo	Hauteville House, à Guernesey
Alexandre Dumas	Le château de Monte-Cristo, à Port-Marly
Ivan Tourguéniev	La Datcha, à Bougival
Jean Cocteau	Le Refuge, à Milly-la-Forêt

L'HISTOIRE EST UN ROMAN

L'adieu aux armes d'Ernest Hemingway	La guerre d'Espagne
Tranchecaille de Patrick Pécherot	La Première Guerre mondiale
Du domaine des Murmures de Carole Martinez	Le Moyen Âge (XIIe siècle)
Les lames du Cardinal de Pierre Pevel	Le règne de Louis XIII
Les larmes des innocentes de J. S. Valdez	La guerre de Cent Ans
Chacal de Frederick Forsythe	L'attentat du Petit-Clamart
Pluie noire de Masuji Ibuse	Le bombardement d'Hiroshima

La fille du Nil
de Gilbert Sinoué — La campagne d'Égypte de Napoléon Ier

ET AINSI DE SUITE...

Lewis Carroll	*Alice au pays des merveilles* suivi de *De l'autre côté du miroir*
Frederick Busch	*Filles* suivi de *Nord*
Mario Vargas Llosa	*Éloge de la marâtre* suivi de *Les Cahiers de Don Rigoberto*
Alexandre Dumas	*Les Trois Mousquetaires* suivi de *Le Vicomte de Bragelonne*
Rabelais	*Pantagruel* suivi de *Gargantua*
Thomas Day	*La Voie du sabre* suivi de *L'Homme qui voulait tuer l'empereur*

À la recherche du temps perdu de Marcel Proust :

Le Côté de Guermantes	n° 3
Le Temps retrouvé	n° 7
Albertine disparue	n° 6
Du côté de chez Swann	n° 1
La Prisonnière	n° 5
Sodome et Gomorrhe	n° 4
À l'ombre des jeunes filles en fleurs	n° 2

Le cycle des *Rougon-Macquart* d'Émile Zola :

L'Argent	n° 18
Pot-Bouille	n° 10
La Débâcle	n° 19
Le Ventre de Paris	n° 3
La Bête humaine	n° 17
L'Assommoir	n° 7
Au Bonheur des Dames	n° 11
L'Œuvre	n° 14
Le Rêve	n° 16
La Terre	n° 15
Nana	n° 9
La Fortune des Rougon	n° 1

La Conquête de Plassans	n° 4
La Faute de l'abbé Mouret	n° 5
Son excellence Eugène Rougon	n° 6
Une page d'amour	n° 8
Le Docteur Pascal	n° 20
La Joie de vivre	n° 12
Germinal	n° 13
La Curée	n° 2

PETITES MANIES D'ÉCRIVAINS

• Alexandre Dumas dispose une coupe de champagne sur sa table pour rendre sa plume plus pétillante.
• Honoré de Balzac écrit debout les pieds dans une bassine d'eau pour lutter contre le sommeil.
• Avant de commencer un nouveau livre, Catherine Cusset fait, dit-on, le ménage de fond en comble chez elle.
• Descartes écrit en plein jour à la lueur d'une bougie.
• Edmond Rostand écrit dans sa baignoire.
• Truman Capote n'écrit qu'allongé avec du café et des cigarettes à portée de main.
• H. G. Wells écrit avec deux stylos : l'un pour les mots courts, l'autre pour les mots longs.
• Gertrude Stein s'installe dans sa voiture dans un parking à la recherche de l'inspiration.

MA VIE, MON ŒUVRE

Je suis Yukio Mishima.
Je suis John Steinbeck.
Je suis Georges Simenon.
Je suis Michel Lermontov.
Je suis Federico García Lorca.

UN PRÉNOM POUR LA VIE

Gilbert Keith Chesterton
Ernst Theodor Hoffmann
Pelham Grenville Wodehouse
Jean-Marie Gustave Le Clézio
Emil Michel Cioran
Howard Phillips Lovecraft
Herbert George Wells
Thomas Stearns Eliot
Vidiadhar Surajprasad Naipaul
Francisco Gerardo Haghenbeck

QUI SONT MES CONTEMPORAINS ?

• Cervantès Dante Shakespeare
Si Cervantès, né en 1547, et Shakespeare, probablement né en 1564, auraient pu se croiser, jamais ils n'auraient rencontré Dante qui les a précédés de trois siècles, puisqu'il est né en 1265.
• Flaubert Baudelaire Maupassant
Saviez-vous que Flaubert et Baudelaire étaient presque jumeaux ? Tous deux sont nés en 1821 et ont correspondu. Quant à Maupassant, plus jeune de près de trente ans (il est né en 1850), il fut l'un des écrivains que Flaubert prit sous son aile et présenta à ses contemporains.
• Gide Claudel Proust
Claudel, né en 1868, précède Gide d'un an et Proust de trois ans. Ces trois écrivains se sont bien sûr connus : Claudel et Gide furent un temps amis, puis ennemis. Comme chacun le sait, Gide refusa *Du côté de chez Swann* à la NRF, erreur de jugement qu'il regretta ensuite et qu'il rattrapa en publiant la suite d'*À la recherche du temps perdu*. Quant à Claudel, jamais il ne comprit le succès de Proust.
• Rabelais Louise Labé Ronsard
Louise Labé et Ronsard, outre la poésie amoureuse, partagent également la même année de naissance : 1524. Rabelais est né approximativement entre 1483 et 1494.

• García Lorca Simenon Sartre
García Lorca est le plus âgé des trois, car il est né en 1889, tandis que Simenon est né en 1903 et Sartre en 1905. Il semble que le poète espagnol et le philosophe français se soient rencontrés à Grenade lors d'un voyage avec Simone de Beauvoir. Simenon, lui, a croisé Sartre chez Gallimard, leur éditeur commun.
• Rushdie Le Clézio Modiano
Né en 1940, Le Clézio est l'aîné. Modiano est né en 1945 et Rushdie en 1947.
• Perec Labro Vargas Llosa
Tous les trois sont nés en 1936 : Perec et Vargas Llosa en mars, Labro en août. *La Vie mode d'emploi* et *Tante Julia et le Scribouillard* ont été publiés à un an près !
• Céline Hammett Huxley
Saviez-vous que Céline et Hammett étaient nés le même jour ? Le 27 mai 1894. Huxley, quant à lui, est un peu plus jeune : il est né le 26 juillet de la même année. Comme Hammett, il fut la cible d'une enquête du FBI comme écrivain « gauchiste ».
• Kenzaburō Ōe Mishima Cortázar
L'Argentin Cortázar est né en 1914, tandis que Mishima et Ōe sont nés respectivement en 1925 et 1935. Les deux Japonais se connaissaient et se sont opposés car Ōe était en désaccord avec la vision patriotique de Mishima.
• Blixen Joyce Boulgakov
Joyce, Prix Nobel de littérature, est né en 1882, alors que la célèbre « fermière africaine » est née en 1885 et l'auteur du *Maître et Marguerite* en 1891.

À CHACUN SON HÉROS

Fabrice Del Dongo, dans *La Chartreuse de Parme* de Stendhal
Ferdinand Bardamu, dans *Voyage au bout de la nuit* de Louis-Ferdinand Céline
Harpagon, dans *L'Avare* de Molière
Abel Tiffauges, dans *Le Roi des aulnes* de Michel Tournier
Harry Hole, dans *Le Léopard* de Jo Nesbø
John Anderton, dans *Minority Report* de Philip K. Dick
Benjamin Malaussène, dans *La Petite Marchande de prose* de Daniel Pennac

Philip Marlowe, dans *La Dame du lac* de Raymond Chandler
Esmeralda, dans *Notre-Dame de Paris* de Victor Hugo
Elizabeth Bennet, dans *Orgueil et préjugés* de Jane Austen
Le docteur Rieux, dans *La Peste* d'Albert Camus
Ebenezer Scrooge, dans *Un chant de Noël* de Charles Dickens
Gervaise Lantier, dans *L'Assommoir* d'Émile Zola
Hester Prynne, dans *La Lettre écarlate* de Nathaniel Hawthorne

LES HÉROS, AU BOULOT !

Lucien de Rubempré	écrivain (*Illusions perdues*, Honoré de Balzac)
Georges Duroy	employé des chemins de fer (*Bel-Ami*, Guy de Maupassant)
Monsieur Homais	pharmacien (*Madame Bovary*, Gustave Flaubert)
Jacques Lantier	mécanicien de locomotive (*La Bête humaine*, Émile Zola)
Célestin Louise	policier (*La Cote 512*, Thierry Bourcy)
Le narrateur du *Petit Prince*	aviateur (*Le Petit Prince*, Antoine de Saint-Exupéry)
Kino	pêcheur de perles (*La Perle*, John Steinbeck)
Humbert Humbert	professeur de littérature (*Lolita*, Vladimir Nabokov)
David Goldberg	bibliothécaire (*Le Bibliothécaire*, Larry Beinhart)
Renée	concierge (*L'Élégance du hérisson*, Muriel Barbery)

LES MÉCHANTS

Les Thénardier	*Les Misérables* (Victor Hugo)
La marquise de Merteuil	*Les Liaisons dangereuses* (Pierre Choderlos de Laclos)

Milady	*Les Trois Mousquetaires* (Alexandre Dumas)
Iago	*Othello* (William Shakespeare)
Heathcliff	*Hurlevent* (Emily Brontë)
Le capitaine Achab	*Moby Dick* (Herman Melville)
Le colonel Kurtz	*Au cœur des ténèbres* (Joseph Conrad)
Shere Khan	*Le Livre de la jungle* (Rudyard Kipling)
Le professeur Moriarty	*Les Aventures de Sherlock Holmes* (Arthur Conan Doyle)
Ambrosio	*Le Moine* (M.G. Lewis, traduit par Antonin Artaud)

À QUI SONT CES VERS ?

François Villon	« L'Épitaphe de Villon ou Ballade des pendus »
Victor Hugo	« La Conscience », *La Légende des siècles*
Arthur Rimbaud	« Le Bateau ivre », *Poésies*
Paul Verlaine	« Colloque sentimental », *Poèmes saturniens*
Guillaume Apollinaire	« Nuit rhénane », *Alcools*
Charles Baudelaire	« À une passante », *Les Fleurs du Mal*
Jacques Prévert	« Le Cancre », *Paroles*
La Fontaine	« Le Chêne et le Roseau », *Fables*
Paul Eluard	« La Courbe de tes yeux », *Capitale de la douleur*
Pierre Corneille	*Le Cid*
Jean-Paul Sartre	*Huis clos*
Molière	*L'École des femmes*
Jean Racine	*Andromaque*
Henry de Montherlant	*La Reine morte*
William Shakespeare	*Hamlet*

MAÎTRES ET VALETS

Figaro	Le comte Almaviva (*Le Mariage de Figaro*, Beaumarchais)
Ruy Blas	Don Salluste (*Ruy Blas*, Victor Hugo)
Planchet	D'Artagnan (*Les Trois Mousquetaires*, Alexandre Dumas)
Sancho Panza	Don Quichotte (*L'Ingénieux Hidalgo Don Quichotte de la Manche*, Miguel de Cervantès)
Cacambo	Candide (*Candide ou L'Optimisme*, Voltaire)
Dubois	Dorante (*Les Fausses Confidences*, Marivaux)
Œnone	Phèdre (*Phèdre*, Jean Racine)
Sosie	Amphitryon (*Amphitryon*, Molière)
Scapin	Léandre (*Les Fourberies de Scapin*, Molière)

« PARCE QUE C'ÉTAIT LUI ; PARCE QUE C'ÉTAIT MOI... »

Michel de Montaigne	et	Étienne de La Boétie
Gustave Flaubert	et	Maxime Du Camp
Franz Kafka	et	Max Brod
Alain-Fournier	et	Jacques Rivière
Albert Camus	et	Jean Grenier
Herman Melville	et	Nathaniel Hawthorne
Friedrich Nietzsche	et	Richard Wagner
Henry James	et	Edith Wharton
André Gide	et	Maria van Rysselberghe
Jack Kerouac	et	Allen Ginsberg

Huckleberry Finn	et	Tom Sawyer (*Huckleberry Finn*, Mark Twain)
D'Artagnan	et	Athos (*Les Trois Mousquetaires*, Alexandre Dumas)
Sherlock Holmes	et	John Watson (*Les Aventures de Sherlock Holmes*, Arthur Conan Doyle)
Hans Schwarz	et	Conrad von Hohenfels (*L'Ami retrouvé*, Fred Uhlman)
Jules	et	Jim (*Jules et Jim*, H. P. Roché)
Achille	et	Patrocle (*L'Iliade*, Homère)

Un homme heureux	Arto Paasilinna
Un chapeau de paille d'Italie	Eugène Labiche
Chien jaune	Martine Amis
La Fille aux yeux d'or	Honoré de Balzac
Le Voyageur sans bagage	Jean Anouilh
Bourlinguer	Blaise Cendrars
Traversée de la Mangrove	Maryse Condé
L'Amérique au jour le jour	Simone de Beauvoir
Un mois à la campagne	Ivan Tourguéniev
Rendez-vous secret	Kôbô Abe
La Ville dont le prince est un enfant	Henry de Montherlant
Les Beaux Quartiers	Louis Aragon
Le Vin blanc de la Villette	Jules Romains
Les Mariés de la tour Eiffel	Jean Cocteau
Bienvenue au club	Jonathan Coe
La nuit sera calme	Romain Gary
L'Hôtel du Nord	Eugène Dabit
Ne pariez jamais votre tête au diable	Edgar Allan Poe
Quand la ville dort	William R. Burnett
Il pleut des coups durs	Chester Himes
Aux quatre coins du monde	Anne Wiazemsky
L'Écroulement de la Baliverna	Dino Buzzati
Un rêve d'Armageddon	H. G. Wells
Petit déjeuner chez Tiffany	Truman Capote
Le Quai des brumes	Pierre Mac Orlan
Mademoiselle Fifi	Guy de Maupassant
L'Amour fou	André Breton
Épouse-moi	John Updike
On ne badine pas avec l'amour	Alfred de Musset
Le Voyageur imprudent	René Barjavel
Sur la route	Jack Kerouac
Train de nuit pour Babylone	Ray Bradbury
Au-delà de cette limite votre ticket n'est plus valable	Romain Gary
La Condition humaine	André Malraux

VOCABULAIRE & STYLISTIQUE

LEVER DE RIDEAU

• Comment appelle-t-on les indications de jeu et de mise en scène ? Les didascalies.
• Savez-vous ce que sont des stichomythies ? Un échange de brèves répliques.
• Un personnage se parle à lui-même. Il s'agit d'un soliloque.
• Comment s'appelle la représentation qui précède la première ? La générale.
• Comment s'appelle une pièce religieuse au Moyen Âge ? Un Mystère ou un Miracle.
• Comment désigne-t-on l'intervention d'un personnage providentiel qui permet de dénouer les fils de l'intrigue ? *Deus ex machina*.
• Qui est ce personnage traditionnel reconnaissable à son costume bigarré et son bâton dans la *commedia dell'arte* ? Arlequin.
• Comment s'appelle le côté droit de la scène vu de la salle ? Côté cour.
• Comme nomme-t-on le dernier étage d'un théâtre, au-dessus des loges et des balcons ? Le paradis ou le poulailler.
• Que signifie l'expression « chausser le cothurne » ? Jouer une tragédie.

« QU'EST-CE QU'UN POÈTE ? »

• « Et l'unique cordeau des trompettes marines. » Ce poème d'Apollinaire (« Chantre » dans *Alcools*) n'est composé que d'un vers. Il s'agit d'un monostiche.
• « Pour qui sont ces serpents qui sifflent sur vos têtes ? » Comment nomme-t-on la répétition d'une consonne comme dans ce célèbre vers de Racine ? Il s'agit d'une allitération.
• « Cette obscure clarté qui tombe des étoiles. » Ce vers de Corneille (*Le Cid*) est un alexandrin (12 syllabes).

• Un sonnet est un poème dont la forme est définie très précisément : deux quatrains (strophe de quatre vers) + deux tercets (strophe de trois vers).
• L'organisation des rimes connaît de nombreuses variations.
— les rimes plates (aabb / Apollinaire)
— les rimes embrassées (abba / La Fontaine)
— les rimes croisées (abab / Lamartine)
• Le vers léonin est un procédé très prisé par Corneille. Il s'agit de faire rimer les deux hémistiches (chaque hémistiche étant composé de 6 syllabes).

CHANTS D'OISEAUX

Le rossignol	gringotte
Le héron	hue
L'albatros	piaule
Le poussin	piaille
La chouette	ulule
La colombe	roucoule
La bécasse	croule
La fauvette	zinzinule
La grive	babille
Le coucou	coucoule
Le coq	chante
La caille	cacabe
La chauve-souris	grince
Le pingouin	jabote
La huppe	pupule
Le canard	cancane
L'alouette	grisolle
L'hirondelle	trisse
Le pinson	ramage
Le dindon	glougloute
La pie	jacasse

MYTHOLOGIE

• Acanthe était une nymphe qui griffa Apollon qui essayait de l'enlever. Pour se venger, il la transforma en plante épineuse.
• Atlas était un géant de la mythologie grecque qui portait le monde sur ses épaules.
• Dédale est l'architecte qui a construit le labyrinthe où était enfermé le Minotaure.
• Écho était une nymphe des sources et des forêts qui racontait des histoires à Héra pendant que Zeus, son mari, batifolait. Pour la punir, Héra lui ôta la parole et l'obligea à répéter tout ce qu'elle entendait.
• Égérie était une nymphe et déesse des sources, inspiratrice du roi Numa Pompilius.
• Méduse était une des trois gorgones. Son regard avait le pouvoir de changer les hommes en pierre.
• Mégère était une des trois Furies, divinités infernales.
• Mentor était l'ami d'Ulysse, chargé de l'éducation de son fils Télémaque.
• Mercure était le dieu romain du commerce et des messagers.
• Panacée était une déesse grecque qui prodiguait des remèdes à base de plantes aux malades.

MOTS RARES

aprilée : charme printanier
crapoussins : crapaud
fafiots : papiers d'identité
rouflaquettes : mèches de cheveux sur les tempes
mâchurée : barbouillée
amphigouri : discours ou écrit volontairement obscur
magot : homme très laid
mettre les adjas : s'en aller
carambouiller : mettre en désordre
perse : bleue

abricoter : napper de gelée d'abricot
croustade : croûte que l'on garnit d'une préparation
aspic : une entrée froide à base de gelée
poirat : tarte aux poires
lèchefrite : plat placé sous la broche pour récupérer la graisse
darioles : petites pâtisseries parfumées
crapaudine : manière de faire griller les volailles, ailes et jambes écartées
larder : garnir un morceau de viande de tranches de lard
zester : prélever un morceau de la peau du citron
étuver : faire cuire à chaleur douce

LES MOTS VOYAGEURS

• bazar persan
(*bazar* : marché public)
• tsar russe
(*tsar* : empereur)
• zéro arabe
(*sifr* : vide)
• heaume allemand
(*helm* : casque)
• bungalow hindoustani
(*bangla* : maison)
• slip anglais
(*to slip* : glisser)
• baroque portugais
(*barocca* : perle irrégulière)
• ranch espagnol
(*rancho* : lieu où les soldats se réunissent pour manger)
• ghetto italien
(*getto* : île vénitienne où l'on obligea les juifs à résider au XVIe siècle)
• nickel suédois
(*nickel* : minerai)
• pacha persan
(*padischah* : général)

	à l'oral ou en tête d'une lettre	*dans une lettre*
Un roi	Sire	Votre Majesté + 3^e pers.
Un ambassadeur	Excellence ou Monsieur l'Ambassadeur	Vous
Un général	Mon général (si vous êtes un homme) Général (si vous êtes une femme)	le général
Un cardinal	Éminence	votre Éminence + 3e pers.
une princesse	Madame	votre Altesse royale, sérénissime, etc. + 3e pers.
un avocat	Maître	vous
un empereur	Sire	votre Majesté + 3e pers.
un Premier ministre	Monsieur le Premier ministre	vous
un ministre de la Justice	Monsieur/ Madame le Garde des Sceaux	vous
un médecin	docteur	docteur + vous
un capitaine de corvette ou de vaisseau	commandant	commandant
un vice-amiral	Monsieur l'amiral ou Amiral	Monsieur l'amiral

• « Cette obscure clarté qui tombe des étoiles. »
Un oxymore ou oxymoron réunit deux mots en apparence contradictoires.
• « L'attelage suait, soufflait, était rendu. »
Une synecdoque est une variété de métonymie qui consiste à donner à un mot un sens plus large ou plus restreint.
• « La chasseresse sans chance / de son sein choie son sang sur ses chasselas. »
Une allitération est la répétition d'une ou plusieurs consonnes.
• « Les soirs illuminés par l'ardeur du charbon. »
Un chiasme consiste à croiser les termes ou les phrases.
• « Madame se meurt ! Madame est morte ! »
Un polyptote consiste à répéter un terme en lui faisant subir une variation grammaticale.
• « Ô Mort, vieux capitaine, il est temps ! »
Une allégorie est la représentation d'une abstraction.
• « Comme le champ semé en verdure foisonne,
De verdure se hausse en tuyau verdissant,
Du tuyau se hérisse en épi florissant. »
Une anadiplose consiste à reprendre le dernier mot ou la dernière partie d'une phrase, d'un vers, pour la répéter au début de la phrase ou du vers suivant.
• « Fuyards, blessés, mourants, caissons, brancards, civières,
On s'écrasait aux ponts pour passer les rivières. »
Une asyndète consiste à supprimer les mots de coordination.
• « On devrait faire l'amour et la poussière. »
Un zeugme consiste à rattacher deux termes disparates à un même mot.
• « Beauté, mon beau souci. »
Une figure dérivative utilise dans la même phrase deux mots ayant la même racine.

LE JARGON DES MÉTIERS

• Si vous parlez d'amourette, vous êtes boucher. L'amourette désigne la moelle épinière des animaux.

• Si vous parlez d'épinards, vous êtes brocanteur. Épinards se dit d'une tapisserie toute en verdure.
• Si vous dessalez, vous êtes marin. Dessaler signifie chavirer.
• Si vous parlez d'un bien mort, vous êtes agent immobilier. Un bien mort est un bien immobilier impossible à vendre.
• Si vous parlez d'un marronnier, vous êtes journaliste. Un marronnier est un sujet qui revient chaque année à la même époque comme les feuilles sur un arbre.
• Si vous parlez d'un carabin, vous êtes médecin. Un carabin est un étudiant en médecine.
• Si vous parlez d'accordéon, vous êtes policier. L'accordéon est le casier judiciaire.
• Si vous parlez d'un sarce, vous êtes sapeur-pompier. Un sarce est un sapeur-pompier proche de la retraite.
• Si vous parlez de grignes, vous êtes boulanger. Les grignes sont les crêtes qui se forment sur la croûte du pain à la cuisson.

DE LA CULTURE À L'ÉLEVAGE

l'apiculture : l'élevage des abeilles
la cuniculiculture : l'élevage des lapins
l'héliciculture : l'élevage des escargots
l'oviculture : l'élevage des moutons
la lombriculture : l'élevage des vers de terre
la mytiliculture : l'élevage des moules
la phasiaculture : l'élevage des faisans
la perliculture : l'élevage des huîtres perlières
la vituliculture : l'élevage des veaux
la caniculture : l'élevage des chiens
l'ostréiculture : l'élevage des huîtres
la boviculture : l'élevage des bovins

MUSCLEZ VOTRE CERVEAU !

essai — pilier — mêlée	rugby
fartage — schuss — spatule	ski
dan — clé — matte	judo

goal — tacler — corner	football
filet — égalité — volée	tennis
practice — bois — drapeau	golf
piton — bôme — gîte	voile

LES MOTS DES MAUX

ictère	jaunisse
lumbago	tour de rein
céphalée	mal de tête
peau ansérine	chair de poule
gibbosité	bosse dans le dos
odontalgie	mal de dents
anorexie	perte de l'appétit
énurésie	pipi au lit
asialie	manque de salive
sternutation	éternuement
chloasma	taches brunes
bruxisme	grincement de dents
canitie	cheveux blancs
prurit	démangeaison
épistaxis	saignement de nez

LES CONTRAIRES

austral / boréal
misogyne / miandre
ésotérique / exotérique
somatique / psychique
consanguin / utérin
polyandrie / polygamie
remblai / déblai
levant / ponant
apogée / périgée
ubac / adret

ORTHOGRAPHE & CONJUGAISON

DRÔLES DE VERBES

• Le verbe *braire* n'a pas de passé simple : c'est vrai.
• *Bouera* est le futur du verbe *bouillir* à la 3ᵉ personne du singulier. C'est faux : la 3ᵉ personne du singulier au futur est *bouillira*.
• *Créera* est le futur du verbe *créer* à la 3ᵉ personne du singulier : c'est vrai.
• *Fatigant* est le participe présent du verbe *fatiguer*. C'est faux : le participe présent est *fatiguant*.
• *Pourrîmes* est la 1ʳᵉ personne du pluriel de pourrir au passé simple : c'est vrai.
• *Accueillissent* est la 3ᵉ personne du pluriel du verbe *accueillir* au subjonctif imparfait : c'est vrai.
• *Vous eussiez écrit* est le passé antérieur du verbe *écrire*. C'est faux : le passé antérieur est *vous eûtes écrit* ; *vous eussiez écrit* est le plus-que-parfait du subjonctif.
• L'impératif singulier du verbe *asseoir* est *assois-toi* : c'est vrai. On dit aussi *assieds-toi*.
• *Je cueillirai* est le futur du verbe cueillir C'est faux : le futur est *je cueillerai*.
• *Nous jetterons* est le futur du verbe *jeter* : c'est vrai

PLURIEL DES MOTS COMPOSÉS

un soutien-gorge / des soutiens-gorge
un abat-jour / des abat-jour
un chou-fleur / des choux-fleurs
un tire-bouchon / des tire-bouchons
pied-de-poule / pied-de-poule
un réveille-matin / des réveille-matin
un clair-obscur / des clairs-obscurs
un rouge-gorge / des rouges-gorges

un coffre-fort / des coffres-forts
un avant-poste / des avant-postes
un infra-son / des infra-sons

PETIT RAPPEL DES RÈGLES
Lorsque le mot est composé d'un nom et d'un adjectif, tous les deux prennent la marque du pluriel (des basses-cours). Lorsque le mot est composé d'un nom et d'un verbe ou d'un adverbe, seul le nom prend la marque du pluriel (des va-et-vient). Le premier élément est invariable si cet élément est en *a*, *é*, *i* ou *o* (des turbo-réacteurs).

ORTHOGRAPHE

• « Cette dernière nuit d'amour le frappait d'*imbécillité*, il retombait en enfance; et, ne trouvant plus les mots, à moitié paralysé, bégayant, grelottant, il restait dans une attitude de fuite. » Émile Zola, *Nana*.

À SAVOIR : depuis 1990, l'orthographe avec un seul *l* est admise.

• « Cependant, la solution du problème qui m'est soumis peut affecter la forme du *dilemme*. » Jules Verne, *Vingt mille lieues sous les mers*.
• « La mythologie, qui certes est une des plus grandes inventions humaines, a mis la vérité dans le fond d'un *puits* ; ne faut-il pas des seaux pour l'en tirer? » Honoré de Balzac, *Illusions perdues*.

RÈGLE : le mot puits est invariable.

• « Des scrupules suffisent à nous *empêcher* le bonheur. » André Gide, *Journal*, 1893.
• « Hum! fit Agostin, quelquefois les voyageurs mettent des *cailloux* dans leurs bagages pour se créer de la considération

auprès des hôteliers; cela s'est vu. » Théophile Gautier, *Le Capitaine Fracasse*.

RÈGLE : seuls hibou, chou, caillou, genou, pou, bijou et joujou ont un *x* comme marque du pluriel.

• « Il y a en moi un *fond* de grossièreté qui me permet de comprendre les paysans et de pénétrer loin dans leur vie. » Jules Renard, *Journal*, 1896.
• « L'idée de se marier ne lui paraissait plus *exorbitante*. Ils voyageraient, ils iraient en Italie, en Orient ! » Gustave Flaubert, *L'Éducation sentimentale*.

LA CONJUGAISON

passé simple de l'indicatif de COUDRE : je cousis
futur de l'indicatif de CRÉER : tu créeras
présent du subjonctif de BOUILLIR : qu'il bouille
présent du conditionnel de METTRE : vous mettriez
présent de l'indicatif d'ACQUÉRIR : j'acquiers
imparfait du subjonctif d'AVOIR : nous eussions
plus-que-parfait de l'indicatif de SOURIRE : il avait souri
futur antérieur de l'indicatif de MOUDRE au passif : j'aurai été moulu(e)
passé antérieur de l'indicatif de PRENDRE : nous eûmes pris
présent du subjonctif de COPIER : que nous copiions

À VOS ORDRES !

Fais
Prends
Sache
Aie
Sois
Vois
Écris
Le verbe pouvoir n'a pas d'impératif.
Plais
Dis

PETITS PIÈGES DE LA LANGUE FRANÇAISE

1. Il s'agit de verbes impersonnels ou unipersonnels ou défectifs, c'est-à-dire qu'ils ne se conjuguent qu'à la troisième personne, généralement du singulier.
2. Tous les noms communs qui ont une terminaison en — *al* ont au pluriel une terminaison en — *aux* à l'exception de cette liste dont le pluriel est — *als*.
3. Devant un *m*, un *p* ou un *b*, il y a toujours un *m* sauf dans les trois exceptions suivantes : bonbon, embonpoint et néanmoins.
4. Tous les noms communs qui ont une terminaison en — *ou* prennent un — *s* au pluriel à l'exception de cette liste dont le pluriel est — *oux*.
5. Ces noms sont invariables, car ils ne sont utilisés que dans des expressions figées (poudre d'escampette, mât de cocagne, ou : il y a belle lurette…) et ne sont donc jamais au pluriel.
6. Tous les autres mots ont une terminaison en —*tion* (exécution, pollution, utilisation…)
7. S'écrivent avec deux *t* les verbes dérivés de mots ayant deux *t* (crotte, menotte, flotte, carotte, culotte).
8. Ces participes passés sont toujours invariables.
9. Ces noms ont tous un — *s* au pluriel, tandis que tous les autres noms communs avec une terminaison en — *eu* ont un — *x* au pluriel.
10. Ces verbes du 3e groupe ont une conjugaison en — *e* : tu cueilles, il ouvre…

TRÉMA

- L.-F. Céline, *Mort à crédit* : *capharnaüm*
- Guy de Maupassant, *Bel-Ami* : *aigüe*

À SAVOIR : Depuis 1990, pour montrer que le *u* du *gu* se prononce, il est recommandé de placer le tréma sur le *u* et non sur la voyelle suivante, mais l'usage inverse perdure cependant.

- Paul Morand, *Les Extravagants* : *canoë*
- Albert Camus, *L'Envers et l'Endroit* : *aïeul*
- André Gide, *Le Retour de l'enfant prodigue* : *naïf*
- Jean Paulhan, *Les Fleurs de Tarbes* : *païens*
- Charles Péguy, *Ève* : *haïr*
- Erckmann-Chatrian, *Histoire d'un paysan* : *baïonnette*
- Elsa Triolet, *Le premier accroc coûte deux cents francs* : *Noël*
- George Sand, *Histoire de ma vie* : *égoïste*

UNE OU DEUX CONSONNES ?

- André Gide, *Les Nourritures terrestres* : *boursoufle*
- Jules Verne, *Vingt mille lieues sous les mers* : *dilemme*
- Charles Baudelaire, *Les Fleurs du Mal* : *surannées*
- Victor Hugo, *Cromwell* : *épiques*
- Antonin Artaud, *Le Théâtre et son Double* : *affres*
- Victor Hugo, *L'Homme qui rit* : *occlusion*
- Raymond Queneau, *Pierrot mon ami* : *mafflue*
- Jules Romains, *Les Copains* : *friper*
- Gérard de Nerval, *Les Filles du feu* : *accusez*
- Stendhal, *Lamiel* : *oculiste*
- J.-K. Huysmans, *Là-bas* : *occulte*
- Octave Mirbeau, *Journal d'une femme de chambre* : *insufflaient*
- Stendhal, *Armance* : *bonhomie*
- Charles Baudelaire, *Les Paradis artificiels* : *sommités*

H ASPIRÉ OU MUET ?

hamster : aspiré
hyène : muet
houblon : aspiré
huissier : muet
hispanique : muet
homard : aspiré
hélas ! : aspiré
hôpital : muet
herbe : muet
humour : muet
huit : aspiré
hors-la-loi : aspiré
haleter : aspiré
hiéroglyphe : muet
harpe : aspiré

UN I OU UN Y ?

id**y**ll**i**que
presb**y**t**i**e
s**y**ph**i**l**i**s
asph**y**x**i**e
gl**y**c**i**ne
m**y**rt**i**lle
ps**y**chanal**y**se
s**i**b**y**llin
v**i**n**y**le
h**i**érogl**y**phe

QUOIQUE OU QUOI QUE ?

- Paul Claudel, *La Ville* : *quoi que*
- Honoré de Balzac, *Le Père Goriot* : *quoique*
- André Gide, *Journal*, 1889 : *quoi que*
- Germaine de Staël, *De l'Allemagne* : *quoi que*

- Simone de Beauvoir, *Les Mandarins* : *Quoique*
- Jean Anouilh, *La Répétition* : *Quoique*
- Stendhal, *Le Rouge et le Noir* : *quoique*

ASTUCE : il suffit de remplacer la conjonction « quoique » par son synonyme « bien que » pour être sûr de ne pas se tromper.

VARIABLE OU INVARIABLE ?

nez : invariable
autrui : invariable
bleu : variable
cent : variable
vergogne : invariable
escient : invariable
juin : invariable
châtain : variable
mille : invariable
vingt : variable

COLLECTION FOLIO 2€

Dernières parutions

5238. Lucrèce	*« L'esprit et l'âme se tiennent étroitement unis ». Livre III de « De la nature »*
5239. Kenzaburô Ôé	*Seventeen*
5240. P. G. Wodehouse	*Une partie mixte à trois* et autres nouvelles du green
5290. Jean-Jacques Bernard	*Petit éloge du cinéma d'aujourd'hui*
5291. Jean-Michel Delacomptée	*Petit éloge des amoureux du Silence*
5292. Mathieu Térence	*Petit éloge de la joie*
5293. Vincent Wackenheim	*Petit éloge de la première fois*
5294. Richard Bausch	*Téléphone rose* et autres nouvelles
5295. Collectif	*Ne nous fâchons pas ! ou L'art de se disputer au théâtre*
5296. Robin Robertson	*Fiasco ! Des écrivains en scène*
5297. Miguel de Unamuno	*Des yeux pour voir* et autres contes
5298. Jules Verne	*Une fantaisie du Docteur Ox*
5299. Robert Charles Wilson	*YFL-500* suivi du *Mariage de la dryade*
5347. Honoré de Balzac	*Philosophie de la vie conjugale*
5348. Thomas De Quincey	*Le bras de la vengeance*
5349. Charles Dickens	*L'embranchement de Mugby*
5350. Épictète	*De l'attitude à prendre envers les tyrans*
5351. Marcus Malte	*Mon frère est parti ce matin...*
5352. Vladimir Nabokov	*Natacha* et autres nouvelles
5353. Arthur Conan Doyle	*Un scandale en Bohême* suivi de *Silver Blaze. Deux aventures de Sherlock Holmes*
5354. Jean Rouaud	*Préhistoires*
5355. Mario Soldati	*Le père des orphelins*
5356. Oscar Wilde	*Maximes* et autres textes
5415. Franz Bartelt	*Une sainte fille* et autres nouvelles

5416. Mikhaïl Boulgakov — *Morphine*
5417. Guillermo Cabrera Infante — *Coupable d'avoir dansé le cha-cha-cha*
5418. Collectif — *Jouons avec les mots. Jeux littéraires*
5419. Guy de Maupassant — *Contes au fil de l'eau*
5420. Thomas Hardy — *Les intrus de la Maison Haute* précédé d'un autre conte du Wessex
5421. Mohamed Kacimi — *La confession d'Abraham*
5422. Orhan Pamuk — *Mon père* et autres textes
5423. Jonathan Swift — *Modeste proposition* et autres textes
5424. Sylvain Tesson — *L'éternel retour*
5462. Lewis Carroll — *Misch-Masch* et autres textes de jeunesse
5463. Collectif — *Un voyage érotique. Invitations à l'amour dans la littérature du monde entier*
5464. François de La Rochefoucauld — *Maximes* suivi de *Portrait de La Rochefoucauld par lui-même*
5465. William Faulkner — *Coucher de soleil* et autres Croquis de La Nouvelle-Orléans
5466. Jack Kerouac — *Sur les origines d'une génération* suivi de *Le dernier mot*
5467. Liu Xinwu — *La Cendrillon du canal* suivi de *Poisson à face humaine*
5468. Patrick Pécherot — *Petit éloge des coins de rue*
5469. George Sand — *La château de Pictordu*
5470. Montaigne — *De l'oisiveté* et autres Essais en français moderne
5471. Martin Winckler — *Petit éloge des séries télé*
5523. E.M. Cioran — *Pensées étranglées* précédé du *Mauvais démiurge*
5524. Dôgen — *Corps et esprit. La Voie du zen*
5525. Maître Eckhart — *L'amour est fort comme la mort* et autres textes
5526. Jacques Ellul — « *Je suis sincère avec moi-même* » et autres lieux communs
5527. Liu An — *Du monde des hommes. De l'art de vivre parmi ses semblables*

5528. Sénèque	*De la providence* suivi de *Lettres à Lucilius (lettres 71 à 74)*
5529. Saâdi	*Le Jardin des Fruits. Histoires édifiantes et spirituelles*
5530. Tchouang-tseu	*Joie suprême* et autres textes
5531. Jacques De Voragine	*La Légende dorée. Vie et mort de saintes illustres*
5532. Grimm	*Hänsel et Gretel* et autres contes
5589. Saint Augustin	*L'Aventure de l'esprit et autres Confessions*
5590. Anonyme	*Le brahmane et le pot de farine. Contes édifiants du Pañcatantra*
5591. Simone Weil	*Pensées sans ordre concernant l'amour de Dieu* et autres textes
5592. Xun zi	*Traité sur le Ciel* et autres textes
5606. Collectif	*Un oui pour la vie ? Le mariage en littérature*
5607. Éric Fottorino	*Petit éloge du Tour de France*
5608. E. T. A. Hoffmann	*Ignace Denner*
5609. Frédéric Martinez	*Petit éloge des vacances*
5610. Sylvia Plath	*Dimanche chez les Minton* et autres nouvelles
5611. Lucien	*« Sur des aventures que je n'ai pas eues ». Histoire véritable*
5631. Boccace	*Le Décaméron. Première journée*
5632. Isaac Babel	*Une soirée chez l'impératrice* et autres récits
5633. Saul Bellow	*Un futur père* et autres nouvelles
5634. Belinda Cannone	*Petit éloge du désir*
5635. Collectif	*Faites vos jeux ! Les jeux en littérature*
5636. Collectif	*Jouons encore avec les mots. Nouveaux jeux littéraires*
5637. Denis Diderot	*Sur les femmes* et autres textes
5638. Elsa Marpeau	*Petit éloge des brunes*
5639. Edgar Allan Poe	*Le sphinx* et autres contes
5640. Virginia Woolf	*Le quatuor à cordes* et autres nouvelles

Composition IGS-CP
Impression Novoprint
à Barcelone, le 20 août 2013
Dépôt légal : août 2013

ISBN 978-2-07-045205-7./ Imprimé en Espagne.

250160